IL BACIO DEL DEMONE RAGNO

Da
Alex McAnders

McAnders Books

*****

Sito Ufficiale: www.AlexAndersBooks.com
Podcast: BisexualRealTalk
Visita l'autore su Facebook
all'indirizzo: Facebook.com/AlexAndersBooks
Prendi 5 libri gratis quando ti iscrivi per la mailing list
dell'autore all'indirizzo: AlexAndersBooks.com

Pubblicato da McAnders Publishing

Libri di Alex McAnders

Gay Werewolf

Il Suo Lupo Imprigionato; Libro 2; Libro 3; Libro 4;
Libro 5; Libro 6
Il Suo Lupo Protettore; Libro 2
Il bacio del demone ragno

IL BACIO DEL DEMONE RAGNO

Capitolo 1

Dante

Giuro, e Dio sa che lo amo, ma se quel lupo peloso di mio fratello Matteo finisse morto in un fosso, la mia vita sarebbe molto più semplice. Non fraintendetemi, le strade di New York si tingerebbero di rosso con il sangue che verserei per vendicarmi. Nessuno può toccare uno del mio branco, tanto meno mio fratello. Ma anche quello sarebbe più facile che risolvere i suoi casini.

«Non sai cosa è successo,» mi dice Matteo, mentre il suo nuovo anello al naso è l'unica cosa che riesco a vedere.

«Non mi interessa cosa è successo. Sei un dannato Ricci. L'uomo che il tuo lupo ha ucciso e trascinato sulla strada era un uomo affiliato alla Yakuza.»

«Dante…»

«Non voglio sentire scuse!» gli rispondo, avendo già sentito abbastanza.

Stare con il pugno sulla scrivania è l'unica cosa che mi impedisce di trasformarmi e strappargli la gola. Conoscendolo, probabilmente gli andrebbe bene, pur che non gli rompa quel naso fastidiosamente perfetto. Quell'uomo protegge la sua bella faccia durante le risse, come se fosse il suo bene più prezioso.

«Guarda, i nostri legami familiari sono l'unica cosa che mi impedisce di darti in pasto a quei dannati, maledetti spettri.»

«Non hai sentito cosa ha fatto alla ragazza,» insiste Matteo senza tirarsi indietro.

«Non mi interessa se l'ha smembrata pezzo per pezzo.»

«Non lo dici sul serio.»

«Lo sto dicendo, no?»

«Dici un sacco di cose. Ma sei meno severo di me.»

«Giuro su Dio, Matteo!»

«E' la sorellina di Vincente!» urlò Matteo, fermandomi di colpo.

«Cosa?»

«Sì. Ti ricordi di lei, no? La bambina il cui lupo correva con il nostro branco quando ancora non sapeva bene cosa significasse trasformarsi. Sembra che qualcuno abbia sparso la voce che le piaccia farlo in maniera un po' rude. Così quel figlio di puttana l'ha avvicinata strafatto e l'ha ridotta male. Ha cicatrici che il suo trasformarsi non guarirà.»

Sento il mio lupo lottare per uscire solo a sentirne parlare. La verità è che ricordo bene quella ragazza. Quando l'ho conosciuta, aveva le treccine e l'ammirazione per chiunque fosse in un branco. Chiunque abbia approfittato di lei in quel modo deve morire.

Matteo non ha torto a voler liberare il pianeta da una feccia simile. Diavolo, se l'avessi saputo prima, lo avrei fatto io stesso. Ma ci sono modi per farlo che non porterebbero a una guerra per il territorio.

A nessuno piace, ma la Yakuza è una realtà a New York e non c'è modo di sbarazzarsene. Ogni oppio che arriva sulle strade ci arriva per mano loro. Il commercio globale è oltre la portata della maggior parte dei branchi di lupi, tranne i Lyons e i Cléments.

Ma da quando il capo della famiglia Lyon è scomparso, nessuno è disposto a prendere il comando, sono rimasti solo i Cléments. Sono i più papabili a prendere il controllo se non per due cose: Armand non ha eredi maschi, e si dice che ora abbia un problema di talpe.

Quella mancanza è un'opportunità per noi. Qualcuno prenderà il sopravvento. Chi meglio del branco Ricci? Grazie a papà, che ha allentato la presa sugli affari, sono riuscito ad estendere il nostro raggio d'azione. Costruzioni, prestiti, abbiamo persino fatto progressi con i diamanti. Ma una cosa che non possiamo fare è trattare l'eroina.

Per prima cosa, è una merda maledetta che lascia una città peggiore di come l'hai trovata. Mio padre lo avrebbe fatto. Ma ora siamo nell'industria della crescita. Costruiamo cose. Prestiamo il denaro per migliorare la città.

Quegli spettri stranieri stanno usando la nostra città come il loro cesso. Non possiamo permetterlo. Ma quella testa calda di Matteo ha appena dato loro il pretesto che cercavano per dichiararci guerra. Non è un bene per gli affari dei Ricci.

«Ascolta, Matteo, ci sono diversi modi di fare le cose,» dico cercando di calmarmi.

«Sì. Il modo in cui l'ho fatto io ci garantisce che ci penseranno due volte prima di rifarlo.»

Il calore mi attraversa, chiamando il mio lupo. In una cieca furia il mio pugno quasi frantuma in due la scrivania.

«No! Era un dannato uomo d'onore! Sai cos'è un dannato uomo d'onore?»

Matteo si irrigidisce vedendo la mia reazione.

«So cos'è un uomo d'onore, Dante.»

«Cos'è un dannato uomo d'onore?»

«Significa che è intoccabile.»

«No! Significa che se lo tocchi, la testa di qualcuno deve cadere. Qualcuno deve morire. È così. Nessuna negoziazione. La tua azione ha portato all'uccisione di uno dei nostri uomini. Qualche dannato ragazzo crescerà senza un padre a causa tua. Hai pensato un secondo a questo?»

«Non hai visto cosa ha fatto alla sorella di Vincente,» dice di nuovo perdendo il suo ardore da stronzo.

«Ci sono diversi modi per farlo,» dico sentendo la rabbia minacciare di ribollire di nuovo.

«Va bene, va bene. Ho fatto un errore. Ho fatto un casino. Puoi fare le tue magie e tirarci fuori anche da questa, non puoi?»

Vedere l'umiltà di Matteo mi coglie impreparato, mi spingo indietro sulla mia sedia. È questo quello che finalmente ha fatto capire qualcosa all'uomo che non riesce a imparare una lezione diversa dallo spalmarsi il gel per capelli?

«Dai, Dante. Puoi sistemare le cose, vero? Quel bastardo lo meritava. Nessuno dei nostri uomini deve morire per questo.»

Lo fisso vedendo qualcosa che non avevo mai visto prima in mio fratello minore. Non l'ho mai sentito parlare così. Sta forse ammorbidendosi? Qualche angolo smussato non gli farebbe male. La mia vita sarebbe stata molto più facile se ne avesse avuti in passato.

«Sarai la mia fine,» dico rassegnato.

Matteo sfodera quel maledetto sorriso che di solito è l'ultima cosa che vedono le sue vittime prima che il suo lupo salti loro alla gola.

«So che puoi gestire queste cose. È per questo che hai il lavoro duro. Papà aveva ragione quando ti ha messo a capo. Sei esattamente il capo che serve a questa famiglia.»

«Sei un maledetto leccapiedi,» gli dico, la mente in subbuglio alla ricerca di una soluzione.

«Ti lascerò fare. Se hai bisogno che faccia qualcosa, sai che ci sono.»

«Potresti consegnarti a loro e risparmiarmi la fatica di abbatterti e portarti.»

Matteo si blocca, chiedendosi se io stia scherzando.

«Non scherzare, Dante. Uno dei nostri uomini potrebbe sentirti e pensare che sei serio.»

«Oh, lo sono serio,» dico immaginando la mia vita più tranquilla. «Metterei anche un piccolo fiocco su di te così potrebbero aprirti sotto un albero.»

«Quegli stronzi giapponesi festeggiano persino il Natale?»

«Faresti meglio a sperare di no. Potrei finire i miei acquisti in anticipo.»

Matteo mi guarda di sottecchi.

«Non scherzare così,» dice mostrando i segni del lupo che sono obbligato ad amare

Ogni accenno di resistenza è sparito. Invece di imparare da questo, ha semplicemente imparato a recitare meglio? Forse dovrei consegnarlo davvero alla Yakuza. Qualcuno potrebbe davvero biasimarmi?

Quest'uomo ha una vena sadica che nessuno avrebbe rimpianto.

«Me ne occuperò io,» gli dico, senza sapere come, ma sicuro di poterlo fare.

«Grazie. Ma lascia che te lo dica, non mettere mai in discussione il mio giudizio in quel modo. Non mi piace.»

Lo fisso senza dargli risposta. Di solito è il modo migliore per gestire la sua follia. È come se ci fossero due persone che vivono nel suo corpo. Una che sgozzerebbe un uomo per averlo guardato storto. L'altra, il ragazzino spaventato che proteggevo da papà. Non c'è modo di sapere quando esce una delle due, soprattutto quando si trasforma.

Papà aveva reso la vita dura ai suoi figli. Nessuno di noi ne era stato colpito più di Matteo. C'era sicuramente qualcosa di sbagliato in nostro padre. Qualunque cosa fosse, l'aveva trasmessa a Matteo. In qualche modo, Matteo sta diventando sempre più simile a lui ogni giorno. Tutto ciò che mi rimane è la speranza.

In passato ero sicuro di poterlo raggiungere prima che la presa di papà fosse completa. C'è ancora un uomo buono là dentro, da qualche parte. Finché non lo trovo, continuerà a legare cadaveri al retro della sua auto per trascinarli su tutto il territorio Yakuza.

Il pensiero di ciò che ha fatto mi invade. «Merda! Come diavolo possiamo uscirne?»

La risposta mi sorge appena pronunciata la domanda.

Due anni fa, quando ho preso le redini della famiglia, ho ricevuto una visita da Sato. La Yakuza non aveva ancora afferrato il traffico di eroina di New York e il vecchio annaspava per trovare qualche idea. Si diceva che i suoi superiori stessero pensando di richiamarlo, nel modo definitivo. Così Sato stava lottando per salvarsi la vita.

Quell'uomo aveva una visione, glielo riconosco. Aveva visto la caduta dei Lyon arrivare da un miglio di distanza e aveva proposto un'alleanza. Ma non voleva solo la nostra parola. Quei pazzi figli di puttana non fanno mai nulla a metà. Voleva legami familiari. Così mi ha offerto sua figlia in matrimonio.

La mia risposta è stata chiara: «Assolutamente, no!»

Lo ammetto, non era il mio momento migliore. Per essere giusti, stavo attraversando alcuni problemi in quel periodo. Ero sotto pressione per dover prendere il comando e vedevo il matrimonio come un tasto di spegnimento della mia valvola di sfogo.

Certo, mi vedevo sposato un giorno. Ma, per il mio lupo non uccidere nessuno che mi guardasse storto, avevo bisogno di certi sfoghi. Questo richiedeva il tipo giusto di matrimonio, non necessariamente con una lupa, ma con una donna capace di chiudere un occhio.

Alla fine si è scoperto che Yuki era esattamente ciò di cui avevo bisogno. Non l'avevo conosciuta in quei giorni. Credo mi avessero detto che era ancora in Giappone. Ma vedendola a una cerimonia d'inaugurazione come rappresentante della loro famiglia, ho capito di aver commesso un errore rifiutandola.

Alla cerimonia, non l'ho mai vista guardare un uomo negli occhi una sola volta. Era tutta cenni e umiltà. La cultura giapponese è molto diversa dalla nostra. Ora lo capisco. Sarebbe stata la moglie perfetta. E ora sembra che lo sarà.

Non importa nemmeno che l'intera discendenza di Sato sia maledetta. In caso contrario tutti i suoi discendenti sarebbero posseduti. Ci sono spiriti e ci sono demoni. Mi dicono che Sato è un demonio corvo. Questo spiegherebbe la sua spietatezza e l'ambizione cieca. Ma una donna come Yuki potrebbe finire con uno spirito della casa o qualcosa di simile. Uno di quegli spiriti che portano successo e fortuna al padrone di casa. Non sapevo nulla di questo quando Sato mi ha offerto Yuki.

Pur offeso dal mio rifiuto, Sato non ha chiuso la porta alla sua idea. La sua vita è in gioco, non può permettersi di iniziare una guerra per l'onore. Quindi, due anni dopo, eccoci qua.

Numero uno, Matteo ci ha indebitati con la Yakuza. Numero due, il loro commercio globale potrebbe rafforzare il controllo dei Ricci sulla città. E numero tre, non ho ancora una moglie. Era semplicemente il momento sbagliato prima. Sato lo avrebbe capito, giusto?

Maledetto o no, Sato è pur sempre giapponese. Non è forse la pazienza una delle virtù giapponesi? È per questo che fanno quei disegni nella sabbia, non è vero? Merda, non lo sapevo. Se mi fossi sposato con Yuki, avrei avuto bisogno di sapere queste cose.

«Non puoi sposarti con quella maledetta e portarla nel nostro branco,» mi dice papà dalla testa del tavolo alla cena della domenica.

Come diavolo l'ha saputo? Mi chiedo guardando intorno ai fratelli Ricci riuniti che si riempiono i piatti come se il mio matrimonio fosse una notizia poco degna di nota. C'è soltanto un fratello a cui mi fido di dire queste cose, Lorenzo. E come al solito, non è presente.

«Ti sposi con una Sato?» chiede Matteo con un sorriso. «Quando diavolo è successo?»

«Da quando il mio fratello idiota ha ucciso un uomo d'onore e devo pulire il suo casino,» sputo, facendo spegnere il suo sorriso.

«Oh.»

«Sì. Questo è quello che pensavo,» dico guardando gli altri tre fratelli che evitavano rapidamente il mio sguardo.

«Quel demone maledetto non può essere fidato,» proclama papà come l'oracolo sul monte.

«Sì, papà? E allora, cosa proponi che faccia?»

«Vai in guerra. O vuoi svergognarmi come un figlio codardo?»

«Non ha paura di combattere, papà,» dice Matteo mostrando di nuovo sprazzi di un uomo nuovo. «Dante potrebbe contro i migliori di loro. Sta solo combattendo in modo diverso.»

Matteo sta finalmente per capire qualcosa?

«Solo un codardo fugge dalla guerra,» sentenzia papà.

«E solo un folle ci si butta,» gli dico senza tirarmi indietro.

«Ti umilieranno. Umilieranno il tuo branco e finiremo esattamente dove abbiamo iniziato.»

La furia del mio lupo mi acceca. Sbattendo il pugno sul tavolo, frantumo il piatto mandando cibo ovunque.

«Dante!» urla mamma pensando di poter controllare le cose come quando avevo cinque anni.

«No, mamma! Ne ho abbastanza di questa merda,» le dico alzandomi.

«Dante, siediti!» insiste mamma.

«Non voglio mancarti di rispetto, mamma, ma finisce qui.»

«Che cosa finisce qui?» chiede papà con più calma di quanto si possa immaginare.

Questo mi dice a cosa sta pensando. Papà è uno a cui piace il confronto, il suo lupo vive per questo. Ha reso i nostri lupi dei killer che sono con il lato largo di un bastone e l'estremità accesa di mozziconi di sigaretta. Mentre lo faceva, non ha mai vacillato, proprio come non vacilla ora.

Guardandolo, mi ricordo la posta in gioco. Se attacchi il re, meglio non sbagliare. Papà ci ha avuti tardi nella vita, ma non è vecchio lupo. Almeno, non abbastanza vecchio da aspettarsi che se ne vada tranquillamente. Quando si guarda allo specchio, non vede i capelli grigi e le rughe implacabili. Si vede come un uomo capace di dominarmi.

Calmandomi, traggo un respiro e poi spazzo via delle macchioline della marinara di mamma dal mio gilet.

«Questa continua rivalsa finisce qui,» dico a papà senza bisogno di guardarlo. «Il tuo ruolo come capo di questo branco è completato. Sarai sempre nostro padre e ti rispettiamo per questo. Ma quando si tratta di gestire gli affari del branco, quel lavoro ora è mio.»

«Io non ti ho ceduto lo scettro, figlio,» dice freddamente.

Io lo guardo con sicurezza.

«Non c'è bisogno, papà. Me lo prendo,» dissi togliendomi il gilet e la camicia e trasformandomi prima che papà sappia cosa sta succedendo. So come appaio agli occhi degli umani, sono grande, lo sono sempre stato, il mio lupo occupa spazio, quindi quando salto sul tavolo della cena e fisso papà sfidandolo tutti si allontanano.

Fissando mio padre, che rimane in forma umana, mi accovaccio avvicinandomi a lui. Non lo sottovaluterò. Per quanto possa trasformarmi velocemente, papà è più veloce. Ho imparato il trucco da lui, se distolgo lo sguardo per un momento potrei girarmi e vedere i suoi denti che si lanciano verso di me. Così invece, lo fisso, mi avvicino e ringhio.

Fuori dalla portata del coltello di papà mi fermo. Sono abbastanza vicino e lui, come tutti, sa cosa sto facendo. Se pensa di averne ancora la capacità, questo è il suo momento e se non si trasforma vorrà dire che perderà le redini del suo branco. Combattere e perdere sono una cosa, un'altra è non accettare nemmeno la sfida. Quando passa abbastanza tempo e capisco che papà non è in grado di recuperare la sua reputazione, mi rivolgo ai miei fratelli, se c'è qualcun altro che pensa di avere ciò che serve per guidare il branco, che si facesse avanti. Ma nessuno si muove. Guardo Matteo, lui è l'unico che potrebbe tenermi testa ma, dietro la sua sedia rovesciata, si limita a guardarmi. Fine di tutto ora sono il capo incontrastato del nostro branco. Da questo momento in poi le cose andranno diversamente, nessuno più potrà mettere in discussione le mie decisioni e se qualcuno lo facesse avrebbe dovuto affrontare non solo me ma tutto il branco.

Salto giù dal tavolo e mi trasformo, guardo la mia famiglia mentre mi infilo i pantaloni e mi vesto. Dato che vedere qualcuno che si veste non è mai intimidatorio come una mutazione, decido di riempire quel momento illustrando il mio piano.

«Ora, per ripulire il casino del nostro branco, mi sposerò. Puoi accettarlo o no. Francamente, non me ne frega niente. Questo branco ha bisogno di essere guidato nel futuro. E le vecchie modalità sono sorpassate. Se qualcuno di voi vuole venire al matrimonio, vi manderò un invito. Altrimenti, non me ne frega niente. In ogni caso, mi rispetterete. E ora che sono il nuovo capo del branco, farete ciò che dico.»

Con ciò, mi aggiusto la giacca, do un'ultima occhiata alla mia famiglia sbalordita e me ne vado.

Respiro profondamente, assicurandomi di riempire i polmoni con il dolce odore delle strade di Brooklyn mentre scendo le scale verso il marciapiede. Perché? Perché so che potrei non sentire più quell'odore. Nessuno ha mai parlato a mio padre come ho appena fatto. Almeno, nessuno che sia sopravvissuto per raccontarlo.

Essere suo figlio non fa la differenza. Si dice che papà una volta abbia cercato di uccidere suo fratello. Nessuno ha potuto confermarlo perché suo fratello era scomparso poco dopo. Il pensiero era che fosse tornato in Italia.

Ogni tanto ricevevamo notizie da lui. Per lo più durante le festività. Di solito veniva con una richiesta di passaggio sicuro per rientrare nel paese. Ma il fatto che non l'abbia mai incontrato, parla della capacità di mio padre di serbare rancore.

Girando il marciapiede, inizio a credere di avercela fatta. Ho rivendicato il branco e lui l'ha accettato. Nella sua mancanza d'azione immediata, mio padre mi ha dichiarato vincitore. Ho ufficialmente preso le redini del branco Ricci. E il mio primo atto ufficiale sarà sposare la donna che mi permetterà di vivere la mia vera vita.

«Dante!» sento urlare mentre sto per salire in macchina.

Mi preparo. Un lupo mi segue alla carica con occhi selvaggi? Chi mi si parerà davanti? Matteo? Avrei dovuto considerare la presa che papà aveva su di lui.

Non avendo abbastanza tempo per trasformarmi, raddrizzo la schiena e mi giro, trovando una sorpresa.

«Lorenzo! Cosa succede?» chiedo, vedendo il fratello che evita quelle cene come se fosse veleno per lupi.

«Dobbiamo parlare,» dice avvicinandosi.

«Va bene. Non qui,» rispondo scandagliando la strada e facendolo salire in macchina.

Allontanandomi rapidamente, le case a schiera sfrecciavano accanto a noi.

«Cosa succede?» dico tenendo un occhio allo specchietto retrovisore.

«Gira voce riguardo a un tuo prossimo matrimonio.»

«Come è possibile? Ho concluso quell'accordo solo sei ore fa,» dico, irritato da quel discorso.

«Se pensi di averlo concluso, potresti dover parlare di nuovo con Sato.»

«E perché?» dico sentendo il collo scaldarsi.

«Messaggero non porta pena, Dante,» mi avverte Lorenzo nervosamente, il suo aspetto senza tatuaggi e la corporatura snella che contrasta nettamente con quella di me e Matteo.

«Perché dovrei uccidere il messaggero?»

«Perché Sato non ha intenzione di offrirti Yuki. Ti vuole offrire Kuroi.»

Mio fratello non può non notare il mio pallore improvviso. La mia faccia formicola mentre lentamente mi lascio andare.

«Dante, mi hai sentito?»

«Sì, ti ho sentito.»

«Sta cercando di umiliare il nostro branco,» dice Lorenzo sottolineando ciò che è ovvio.

Sembra che Sato non abbia ancora superato il mio rifiuto alla sua prima offerta di matrimonio. Così sta cercando vendetta. Il suo demone vuole la guerra per ciò che Matteo ha fatto al suo uomo. E l'unico modo per uscirne è che mi sposi con suo figlio, il demone ragno.

«Stai pensando di farlo, Dante?»

Guardo altrove mentre le parole di papà echeggiano nella mia testa. Aveva ragione su Sato. Dannazione!

Quindi, cosa fare adesso? Se torno sui miei passi, mio padre userebbe la situazione per minare il mio controllo ancora precario sul branco.

Se mi sposassi con il figlio bastardo di Sato, le probabilità di finire morto come tutti gli altri suoi amanti sarebbero quasi certe.

Forse sto pensando nel modo sbagliato. Forse tutte le cose folli che ho sentito su Kuroi non sono vere. Forse tutto ciò che circola su di lui è un'esagerazione.

Le voci di strada talvolta si confondono. Quello che ho sentito su Kuroi potrebbe essere uno di quei casi. Perché nessuno può essere così pazzo come si dice che sia, vero?

Capitolo 2

Kuroi

«Se avessi un dollaro per ogni volta che delle palle mi sono state infilate in bocca nei momenti più inopportuni,» rifletto con una risata.

Anche se, quella che attualmente mi sta tenendo la bocca prigioniera me la sono cercata; avevo promesso di non farmi più legare nudo nel bagagliaio di un'auto molto tempo fa. Ma è l'unico modo per rendere speciali i ricordi di compleanno.

Allora, perché adesso sono bendato e imbavagliato in quello che deve essere un modello di E-Class di due anni? Chi diavolo lo sa? Trenta minuti fa ero molto felicemente attaccato a una Croce di Sant'Andrea. Voglio dire, mi piace spingere i limiti. Ma se questa serata finisce con il mio cadavere abbandonato in un fosso, mi incazzerò davvero.

Un rumore di freni e ci fermiamo, fu solo un secondo prima che la luce del sole tocchi la mia carne nuda. Sento due persone che mi guardano dall'alto chiedendosi cosa fare.

Dato che stanno in silenzio, suppongo che stiano gesticolando. Interessante! Ciò significa che non hanno intenzione di uccidermi e sperano di sopravvivere al nostro piccolo incontro. Che carini!

Quando uno di loro mi afferra per le gambe e mi getta sulla sua spalla, so esattamente dove mi sta portando. Il passaggio dalla luce del sole all'aria fresca me lo conferma. Se non fossi accecato dalla speranza che il mio amante sia finalmente diventato creativo, l'avrei notato prima.

C'è solo una persona il cui profumo di colonia insipido si appiccica a chiunque si trovi nella sua stessa stanza. E l'ondata di aroma che mi solletica il naso mentre vengo posato su una sedia lo conferma. Una volta rimosso il bavaglio, deglutisco e mi inumidisco le labbra.

«Ciao, papà,» dico senza bisogno di sentirlo o annusarlo per sapere che è lui.

«Perché è nudo?» chiede mio padre rivolgendosi ai suoi uomini.

«La domanda è, perché non lo sei tu? Questa è una festa, no? Almeno, lo era prima che i tuoi uomini decidessero che è un bel giorno per morire.»

«L'abbiamo trovato così, capo,» dice uno di loro con il giusto grado di paura nella voce.

«Ero nel mezzo di qualcosa,» informo il mio caro vecchio.

«E perché non si è vestito?»

«Pensavamo fosse meglio tenerlo legato per impedirgli, sai...»

«Di uccidervi? Oh, è troppo tardi per quello,» dico con un sorriso.

«Slegatelo. Vestitelo,» dice mio padre dirigendosi verso la porta, lasciando scioccamente noi tre soli.

«Avete sentito mio padre.» Imito il tono autoritario del mio vecchio. «Slegatemi! Vestitemi!»

Nessuno dei due si muove. Ancora bendato, suppongo stiano di nuovo gesticolando.

«Lo so. Scelta difficile. Slegare prima le mani? No, potrei fare troppo con le mani. Allora, che ne dite dei piedi? Ma potrei correre. Il capo non sarebbe contento. Che fare? che fare?» li provoco.

Dopo quello che sembra un lungo momento passato a fissarmi, il mio amico spaventato opta per iniziare dai piedi. Tirando e strattonando il nodo ben fatto, dev'essere una sorpresa tanto per lui quanto per me quando le corde cadono a terra e le mie gambe snelle si sollevano e si attorcigliano intorno al suo collo.

Ho detto sorpresa? Intendevo inevitabile stupore. Come potrei ucciderlo? Le mie mani sono ancora legate. Le mie gambe sono tutto ciò che ho.

Sentendo il leggero spostamento del suo peso corporeo, mi giro cogliendolo di sorpresa e facendolo girare sulla schiena. Faccio un'altra cosa ovvia dopo, lo lascio andare, infilo le mani legate sotto il sedere e usai la corda che le legava per strozzarlo.

Non riesco proprio a farlo spirare, perché non sono un miracolo vivente. Ho ancora un secondo uomo con cui avere a che fare. Non so dove sia, potrei togliermi la benda. Ma dove va a finire il divertimento allora? Non mi chiamano forse il demone ragno? Come avrebbero potuto continuare a farlo se mammina non avesse dato da mangiare?

Sentendo un rapido respiro, mi lancio attraverso la stanza e mi metto al lavoro. Prima, gli afferro le gambe e sento un osso che si spezza. Seguono grida e gemiti. Gli sta bene per essere così fragile. Questo è il problema con i giocattoli. Si rompono troppo facilmente.

«Lo sai, papà, questo è il motivo per cui non possiamo avere cose belle.»

Mio padre non me lo ha mai detto in realtà. Mi piace immaginarlo. In un'altra vita, avevo un padre che al suo ritorno a casa si metteva la giacca da fumo e accendeva la pipa. L'economia bla, bla, bla. Le cotiche.

«Ho fatto un fuoricampo alla partita di oggi, papà.»

«Davvero? Beh, lascia che ti dia una stretta di mano decisa. I ragazzi a scuola devono essere così invidiosi di te.»

«Oh, di certo, papà. Gelosia pura,» immagino mentre sento un altro osso spezzarsi.

«Kuroi!» una voce familiare mi distoglie dai pensieri. «Kuroi!»

Togliendo il pollice dall'orbita oculare dell'uomo, mi giro verso la voce e mi alzo.

«Perché devi fare questo?»

«Perché devo divertirmi un po'?» chiedo, sollevando la benda per vedere Yuki davanti a me. «L'uomo non può vivere di solo pane, sorella.»

Dopo aver scrutato il fratellino nudo, Yuki distoglie lo sguardo.

«C'è qualcosa qui che non hai visto prima?» dico con una risata.

«Per favore, Kuroi, vestiti,» dice tenendo in mano un cambio di abiti davanti a sé.

«Sei proprio una puritana,» dico alla donna che probabilmente non ha mai visto un pene in vita sua.

«Non puoi continuare a disonorare papà in questo modo,» dice come se stesse condividendo un fatto.

«Perché no? Papà non ha problemi a disonorare me.»

«Meriti di meglio, Kuroi.»

«Ognuno ha ciò che merita.»

«Non meriti nulla di tutto questo.»

«Yuki, non lo sapevi? Questo è ciò che accade quando tua madre è una prostituta.»

«Non dire questo.»

«Beh, lo era, non è così? La prostituta di nostro padre. E questo è quello che ottengono piccoli bastardi come me.»

Il silenzio cala tra di noi mentre mi vesto.

Va bene, lo ammetto. Non sono dell'umore migliore. C'è un motivo per cui gli uomini di mio padre mi hanno trovato dove ero. Non posso sempre essere il sole brillante che sono senza un po' di sfogo. Papà ha interrotto il mio sfogo. Ora sono teso.

Scivolando nel completo di seta che Yuki mi ha passato, cerco di pettinare i capelli indisciplinati ed esco dall'ufficio di mio padre, grande quanto un museo. Attraversando il corridoio con la mia obbediente sorella al seguito, ci avvicinammo alla mia stanza e mi dirigo verso lo specchio.

La mia immagine riflessa mi fa stare male. Tutte le mie sorelle sono bambole di porcellana. Anche i miei fratelli. Io sono ceramica bruciata. Invece di giacere sottomessi e perfetti, come un giapponese corretto, i miei capelli sono uno spazzolino di fil di ferro impiantato sulla mia testa.

Nascondendo a malapena il mio disgusto, il mio sguardo si sposta e sorprendo Yuki che mi fissa nello specchio.

«Beh, non sembri tranquilla,» dico non inducendo Yuki a distogliere lo sguardo.

«Ho qualcosa da dirti.»

Rivolgendo nuovamente la mia attenzione allo specchio, mi infilo le dita nei ricci pettinandoli.

«E quale sarebbe?»

«Papà ha intenzione di farti sposare.»

Come se mi avesse strozzato, il sangue mi lascia il volto.

«L'ho supplicato di non farlo.»

La mia mente vortica. Cosa stava succedendo? Sposato? Io?

«Se si aspetta che io gli dia un erede…» comincio, lottando per rimanere in piedi.

«Non è quel tipo di matrimonio,» dice Yuki abbassando la testa.

«Capisco. E che tipo di matrimonio sarebbe allora?»

«È con il capo del branco Ricci.»

Immaginando chi sia mi viene quasi da ridere. È uno di quei licantropi con cui mio padre fa affari. Non ha la reputazione brutale di suo padre, ma non è molto meglio.

«Così, ancora una volta devo essere la prostituta di nostro padre. Tale madre, tale figlio.»

«Non sarà così male. E sono sicura che non durerà a lungo.»

«Intendi perché lo ucciderò?» chiedo sentendo il demone ragno poggiare le sue zampe sulle mie spalle mentre la fisso.

Yuki non risponde. Cosa potrebbe dire? Io, invece, parlo.

«E quando dovrebbe succedere?»

«Stasera.»

«Stasera?» tossisco sotto shock. «Vuole davvero quest'uomo morto, non è vero?»

Gli occhi di Yuki si abbassano al pavimento. Rido. Mio padre mi sta sposando con un licantropo etero. Perché il mio futuro sposo ha accettato tutto questo? Sa che sono un uomo?

Cosa succederà quando lo scoprirà? E dovrò rimanere senza sesso fino a quando uno di noi muore? Se soddisfo i miei bisogni altrove, penserà di poter trattare me come quelle persone trattano le loro mogli infedeli?

Si chiama Dante, non è vero? È sicuramente il più attraente di quella famiglia. Corpo scolpito, occhi di ghiaccio, e tatuaggi dal collo al polso. Non mi dispiacerebbe che mi trattasse come sua moglie in un certo modo. Mi chiedo quanto ci metterà a ricordarsi che ho un uccello.

Sfilando il giacchetto, mi dirigo verso l'armadio.

«Cosa stai facendo?»

Girandomi riacquistando il mio senso dell'umorismo e rispondo, «È il mio giorno di nozze, sorella. Mi sto vestendo.»

Sto per fare di questa una giornata indimenticabile.

Capitolo 3

Dante

Non va bene. Niente di tutto questo va bene. Sato mi ha fatto attendere due giorni per un incontro faccia a faccia per sistemare questa storia del matrimonio e non mi piace per niente.

Per quanto le cose si siano fatte stressanti dopo ciò che ha fatto Matteo, non ho intenzione di morire. Forse le voci su Kuroi sono vere. Forse no. Ma se sposare Kuroi non mi porterà alla morte, sposare un uomo sicuramente sì. Diventerebbe un bersaglio sulla mia schiena, soprattutto da parte di papà.

Non potrebbe sopportare questo insulto al branco. E come reagirebbero gli uomini da cui esigo rispetto sapendo che sto con un uomo? Questa debolezza mi distruggerà sul lavoro. Quindi, questo non può succedere.

Il problema è che quello stronzetto della Yakuza non vuole nemmeno parlarne. Sì, fa finta di non parlare inglese, ma so che capisce ogni maledetta parola che

dico. Fai finta di essere ignorante: è così che ti
sottovalutano. Beh, sai una cosa, bastardo, conosco
anch'io quel gioco e non ci casco.

«Stai bene, Dante?» mi chiede Lorenzo dal sedile
del passeggero. «Sei un po' rosso.»

«Sto bene,» gli dico, certamente non sentendomi
bene affatto.

Ho la sensazione di avere il viso in fiamme e di avere
insetti che strisciano sotto la mia pelle. È così che mi
sento quando il mio lupo mi costringe a trasformarmi.
Credo che abbia le sue idee su come gestire le cose, ma
se io perdessi il controllo su di lui, sarebbe la fine per
tutti.

«Sei sicuro che i tuoi contatti non abbiano nulla
che potremmo usare in questo incontro?» chiedo
sperando in un miracolo che mi tiri fuori da questa
situazione.

«Non hanno nulla. Ho esaminato ogni
angolazione possibile. Sato non ha debiti con nessuna
famiglia di New York. Non ci sono lavoratori portuali su
cui fanno affidamento per le loro importazioni e che
potremmo mettere sotto pressione, e con la struttura del
loro compound, non possiamo nemmeno pensare
all'eliminazione.»

Guardo Lorenzo. Mi impressiona. Aveva davvero
considerato tutte le possibilità. Se mi succedesse
qualcosa, dovrebbe essere lui a prendere il comando.

Non potrebbe mai farlo. Guidare un branco richiede tanto autorevolezza quanto saper trattare dietro le quinte. Lorenzo è un maestro nel lavorare dietro le quinte. Forse anche meglio di me. Ma le sue capacità finiscono lì.

Per essere guidare un branco, devi essere una persona che sa relazionarsi. Lorenzo non lo sa fare. Una persona che sa relazionarsi è la perfetta sintesi di Matteo. Ma Matteo è anche un martello che vedeva tutto e tutti come un chiodo. Se riuscissi a combinare le qualità di questi due fratelli, potrebbero essere meglio di me. Ma non puoi pretendere sangue da una rapa. Con loro due, devi prendere ciò che puoi ottenere.

«È deludente, Lorenzo. Contavo su di te per risolvere questa situazione.»

«Posso solo dirti ciò che ho trovato. Inventare stronzate ti porterebbe solo a essere ucciso.»

«In questa situazione, non è l'unica cosa.»

Arrivando alla residenza di Sato, mi trovo costretto ad ammirarla. In qualche modo ha ricreato il Giappone nel nord dello stato di New York. Non funziona del tutto. Ad essere onesti, il compound di Sato sembra uno di quei castelli americani degli anni '20 con i tetti sostituiti per farli assomigliare a quelli giapponesi.

Il giardino, però, è incredibile. Ci sono stagni e quegli alberi curati che sembrano la coda di un barboncino. Davanti c'è la sabbia con linee tracciate e una grande roccia che spunta. E c'era anche una di quelle strutture che sembrano iscrizioni giapponesi. Non capisco a cosa servano, se non a migliorare l'estetica. Ma tutto racconta una storia.

La storia che racconta è che Sato è un uomo che fa di tutto per fingere di non essere dove si trovava. Ci deve essere un modo per sfruttare tutto ciò e uscire dalla prospettiva di questo matrimonio. Ma come?

«Dante Ricci e famiglia, siamo qui per vedere Sato,» dico al citofono fuori dal cancello.

«Parcheggiate. La sicurezza vi incontrerà lì», risponde qualcuno con accento giapponese.

Mi volto verso Lorenzo.

«Ecco, ci siamo.»

«Sei sicuro che non sarebbe meglio risolvere tutto in silenzio?»

«Se stai chiedendo se sarebbe meglio colpire un uomo con una delle migliori sicurezze della città, sono sicuro,» dico vedendo in lui un lampo di nostro padre.

«Pensaci bene,» dice sporgendosi in avanti per dare un'occhiata da vicino. «Potremmo mettere un cecchino in una di quelle linee di alberi. Oppure, non deve necessariamente accadere qui. Ci sono tetti non sorvegliati attorno al suo ufficio. Con il tiratore giusto, potremmo risolvere questo problema in un secondo.»

Guardo Lorenzo sentendo il cuore battere forte. Non c'era dubbio, è figlio di nostro padre.

«Non ci pensare nemmeno, Lorenzo. O meglio, pensa a cosa accadrebbe dopo. Credi che la sua gente in

Giappone non sia in grado di collegare la sua eliminazione con una proposta di matrimonio forzata? Quanto ci vorrebbe prima che quella merda colpisca il ventilatore?

«Ci sono modi migliori per gestire le cose, Lorenzo. Te lo dico io, voi due, tu e Matteo, siete uguali.»

«Non paragonami a quello stronzo.»

«Ehi, fai attenzione a come parli di tuo fratello.»

«Di cosa stai parlando? Tu lo chiami sempre così.»

«Questo perché sono io quello che deve continuare a ripulire i suoi casini. Quando sarà il tuo lavoro, allora potrai dirlo tu. Fino ad allora, è tuo fratello e tu gli devi voler bene.»

«Come vuoi,» replica Lorenzo sprofondando nel suo sedile.

Probabilmente non è l'idea migliore irritare l'unico complice che avrei se le cose andassero. Ma Matteo aveva bisogno di tutte le persone possibili dalla sua parte. Non posso permettere a Lorenzo di metterlo da parte così.

Uscendo dall'auto, quattro uomini di Sato ci vennero incontro. Sono sicuro che qualcuno dentro pensa che sia un'impressionante dimostrazione di forza. La verità è che, se mi trasformassi, questi quattro non riuscirebbero nemmeno a rallentarmi.

«Armi?»

«Non vi daremo le nostre maledette armi,» sbotta Lorenzo.

«Lorenzo, consegna la tua maledetta arma,» ordino prendendo la mia. «Stiamo entrando nella casa di Sato. Dobbiamo mostrargli il rispetto che merita.»

Oh sì, Lorenzo è incazzato con me. Grande dannata questione. Gli passerà.

L'interno della casa di Sato è impressionante quanto il giardino. Non c'è molto che possa adattarsi all'architettura degli anni '20, ma ha saputo far funzionare tutto. Le robuste travi in legno che attraversavano il soffitto, il design minimalista delle piastrelle e delle decorazioni in legno, me la fanno valutare in modo diverso.

«Da questa parte, per favore,» dice l'uomo più grande, facendoci strada verso un balcone che si affaccia su acri di terreno.

C'è già un uomo lì. Non Sato. Qualcun altro. Sta in piedi umilmente indossando quello che sembrava un abito cerimoniale giapponese e tiene in mano un libro.

«Tu, spostati lì» dice il tizio della sicurezza di Sato, facendo un gesto affinché mi metta accanto all'uomo. «Tu, invece là,» dice, dirigendo Lorenzo di lato.

Lorenzo mi guarda chiedendo se debba obbedire. Io annuisco e mi avvicino a quello che suppongo sia l'interprete di Sato. Perché, naturalmente, Sato non parla inglese. Sì, certo.

Ci vuole circa un minuto di imbarazzante silenzio con quest'uomo prima che Sato arrivi. Stranamente non mi guarda. Con gli occhi distolti, prende posizione a più di un metro di distanza, dall'altro lato del balcone rispetto a Lorenzo.

Cosa sta succedendo? So che la cultura giapponese ha molte usanze cerimoniose, come inchinarsi e cose del genere, e molte di queste vengono abbandonate nel business. Ma non so abbastanza per dire quanto sia strano.

Tutto si fa ancora più strano quando inizia a suonare una musica. Qualsiasi musica a una negoziazione è fuori mosto. Ma ora sta suonando una musica languida. Sapete, quella musica che suonano nei momenti di tranquillità nei film di samurai. Perché la stanno suonando ora?

Quando qualcun altro entra nel balcone, comincio ad avere un'idea piuttosto buona su cosa stia succedendo. Non so chi cazzo sia, ma quella persona indossa un abito da sposa giapponese. Lo riconosco. E tiene in mano un bouquet.

«Oh, no. Sato, no,» protesto senza mai distogliere lo sguardo dal mio sposo.

Sato borbotta. Un suono forte. Credo che quel bastardo mi abbia appena rimproverato in giapponese. Chi diavolo crede di essere?

Sto per fargli capire cosa penso di questa messinscena infilando un pugno nella sua gola quando le

scarpe della mia sposa attirano la mia attenzione. Il
rumore del legno sul legno.

Fissando di nuovo quella figura, il mio lupo si
agita. Chi è? Dovrei capirlo, guardandola. Ma l'abito, o
vestito, o comunque lo si voglia chiamare, occupa metà
della stanza. Aggiunto a questo, c'era poco della mia
sposa che sia visibile. Non indossa un velo, ma il
cappello buffo copre i capelli, mentre il trucco rende il
viso una maschera bianca.

Si tratta di Yuki? Sato ha finalmente dato segni di
senno e mi ha dato la mia sposa perfetta?

Quando la figura in abito da sposa si avvicina
lentamente, la osservo più da vicino. Non posso esserne
certo, ma sembra davvero lei. Dannazione, però, quanto
è bella. Il manto che porta sopra l'abito a strati è
ricamato con immagini d'oro e blu del Giappone antico.
Ci sono molti uccelli sopra. O forse sono gru?

Qualunque cosa siano, sono gli occhi della mia
sposa a colpirmi davvero. Mi fissano senza battere ciglio.
Sono fieri e selvaggi e fissarli prova in me qualcosa. Mi
fanno venir voglia di distruggere questo posto. Ma non
per allontanarmene. Avrei distrutto il mondo per farla
mia.

Quando la figura si ferma davanti a me e
all'uomo, finalmente capisco chi sia l'uomo. Non è
l'interprete di Sato, ma un sacerdote.

È fatta. Non ci sarebbe stata alcuna trattativa.
Sato mi ha fatto venire qui per la cerimonia. E quando il

prete comincia a parlare in giapponese, capisco che se non facessi nulla per fermare tutto questo, tra un minuto, sarei sposato.

Ma con chi? Yuki? Non può essere. Non con quegli occhi. Oh, mio Dio, quegli occhi maledetti. Mi eccito solo a guardarli. Che diavolo sto facendo?

Mentre gli occhi della mia sposa ancora concentrati intensamente su di me, annuiscono. Cosa significa? Cos'è appena successo?

«Hai,» dice la figura in abito da sposa.

Oh merda. È un «lo voglio»?

Il viso del prete si inclina verso di me. Dice qualcosa e io non so cosa diavolo significhi. Potrebbe chiedermi il mio testicolo sinistro per quanto ne so. E quando smette di parlare, le cose si fanno maledettamente folli.

«Penso che tu ti stia sposando, fratello,» mi informa il brillante Lorenzo.

«No, cazzo!» dico in preda al panico.

«Cosa vuoi fare?» dice il suo lupo, pronto a scattare fuori. «Potremmo uscirne e basta. Dimmi solo una parola.»

«Dammi un secondo,» dico, il cuore che batte forte.

Dovrei andarmene, giusto? È una stronzata. Non ho mai acconsentito a questo.

D'altra parte, ci sono quegli occhi maledetti. Hanno uno strano influsso su di me. Il mio lupo vorrebbe strappare quel dannato vestito di dosso e farlo a brandelli. Ma è una lei? O è un lui?

Kuroi è un lui. L'ho già incontrato. Pelle scura. Mani delicate. E...., oh merda, quegli occhi maledetti. Sto fissando gli occhi di Kuroi.

Prima di rendermene conto, lo dico. Neanche mi ricordo di averlo fatto. So solo che l'ho fatto.

Era Hai o Hi? Potrei anche aver detto: sì, lo voglio.

L'ho detto? L'ho detto. Ho appena sposato Kuroi Sato, il dannato demone ragno. Che diavolo sto facendo?

Prima che possa capirlo, entra Yuki. Non c'è modo di confonderli. Con la testa chinata, si avvicina portando un vassoio di liquori. Due bicchieri. È un momento strano per farlo. Ma dopo ciò che ho appena fatto, prenderei qualsiasi cosa con un po' di alcol.

Quando Yuki si avvicina, il prete mi fa cenno di prenderne uno. Lo faccio. E anche la persona davanti a me. Il prete mi fa cenno di bere. Kuroi mi fissa negli occhi aspettando. Si tratta di questo? Del sì definitivo? Se non lo facessi, potrei ancora andarmene?

Con il bicchiere in mano, lo sollevo. Guardando in quegli occhi ipnotizzanti, sollevo il bicchiere alle labbra. Contemporaneamente, Kuroi inclina la testa all'indietro. L'alcol dolce scivola giù per la mia gola.

«Hai,» dice Sato, che avendo visto abbastanza, si volta per andarsene.

È fatta. Ho fatto la mia scelta. Sono sposato. Cosa ho fatto?

Fissando il mio sposo, la mente mi gira. Cosa devo fare adesso? Potrei trovare un modo per uscire da questa situazione. Ne sono sicuro. E mentre il mio cervello inizia a elaborare una miriade di piani, il mio sposo si sporge in avanti e mi bacia.

Dolce, delicato. Quelle sono le sue labbra. In un attimo, mi ritrovo con la sua nuca nella mia mano. È piccola, stretta. Il mio pollice premette contro la sua mascella. La sento aprirsi. Perdendomi, sento la mia lingua entrare.

Vivo. Mi sentivo così vivo. Quando le nostre due lingue si toccano, danzano. È così calda che mi fa male la testa. E il tipo di bacio da cui non si torna indietro. Fa semplicemente ululare il mio lupo.

Kuroi è piccolo. Potrei schiacciarlo nelle mie mani. Potrei consumarlo, ma voglio ogni centimetro di lui, voglio possederlo e contrassegnato come mio. Il battito del mio cuore mi dice ciò. E quando lo lascio andare, quando abbandono il suo tocco, mi risveglio.

«Dante?» dice Lorenzo, riportandomi brutalmente alla realtà.

Oh cazzo! Cosa ho appena fatto?

Un'ondata di calore mi invade. È travolgente. Non dovevo essere qui. Non dovevo fare questo. Non ora. Non davanti a tutti.

Non potevano vedermi così. Nessuno può. Devo uscire di qui. E voltandomi per affrontare gli occhi sciocchi di mio fratello, è quello che faccio.

Fuggendo dal balcone e attraversando la casa, corro verso la macchina.

«Dante?» Lorenzo urla dietro di me.

Non posso affrontarlo. Non ora. Devo solo allontanarmi.

Prendendo le mie chiavi, salto in macchina. Premendo il pulsante e accelerando, mi allontano. Se non aprissero il cancello, lo butterò giù, non lo fanno. E mentre il viale alberato sfreccia accanto a me, abbasso il finestrino per prendere aria.

Non riesco a respirare, e nemmeno il mio lupo. Perché non riesco a respirare? Cambiando posizione sul sedile, ho difficoltà a mettere insieme le cose. Sono Dante Ricci. Sono il capo del branco Ricci. Non vado in giro a baciare uomini. Non...

In quel momento lo sento. Un pizzico al collo. Sono stato colpito?

Toccando il punto, ritiro la mano. C'è del sangue oppure no? Non riesco a capire. Sta diventando difficile vedere. Guardando di nuovo attraverso il parabrezza mi rendo conto di quanto velocemente sto andando.

«Oh, cazzo!» esclamo prima di sentire un botto e svenire.

Capitolo 4

Dante

«Cosa è successo?» penso, mentre la mia mente si liberava dalla nebbia del nulla. Dove mi trovo? L'ultima cosa che ricordo è un matrimonio. No, aspetta, ero in macchina. Stavo scappando da un matrimonio. No, stavo scappando dal mio matrimonio.

Merda! È vero. Sono andato da Sato per negoziare e cercare di non sposare suo figlio, e invece ho finito per sposarlo all'istante. Poi mi ha baciato, sono scappato, ho sentito qualcosa come una puntura al collo e poi il buio.

Credo di aver schiantato la macchina. Ero ancora nella mia macchina?

Sforzandomi di aprire gli occhi, non vedo il mio BMW. Sono sdraiato in una stanza bianca. Quando comincio a capire qualcosa, vedo un monitor per il battito cardiaco e una TV appesa al soffitto. Sono in una stanza d'ospedale e mi sento uno schifo.

Guardandomi intorno, trovo solo una persona. Lorenzo. Si sta divertendo con il suo telefono quando il rumore del mio movimento gli fa alzare lo sguardo.

«Dante, ti sei svegliato. Grazie a Dio!» dice affrettandosi al mio fianco.

Apro la bocca per chiedergli che diavolo sta succedendo, ma non esce nulla.

«Rilassati. Vado a chiamare la dottoressa. Mi sono preoccupato per un momento,» dice con un sorriso prima di uscire dalla stanza.

Era preoccupato per me? Perché mai? È successo qualcos'altro dopo che qualcuno mi ha sparato.

Devo riprendermi e devo farlo in fretta. Dovrei probabilmente trasformarmi, ma sento a malapena il mio lupo quando cerco di raggiungerlo. È debole quanto me, non ce la fa a uscire.

Mi sento drogato. Forse mi hanno somministrato un antidolorifico? Questo significava che ci vorranno fino a cinque ore prima che possa trasformarmi. Dopo di che, avrei potuto uscire di qui, trasformarmi in lupo e scoprire chi mi ha sparato.

Sto cercando di raggiungere il punto del corpo dove mi ha colpito il proiettile quando la porta si riapre e appare una dottoressa. È molto più giovane dei medici che frequento. E, soprattutto, non sembrava essere una lupa. Forse questo è un bene.

«No, non farlo,» insiste, allungando la mano per fermare la mia.

Non conoscendo la situazione, abbasso la mano e di nuovo provo a parlare.

«Cosa è successo?» sibilo, sentendo la gola arida come un deserto.

«Forse hai bisogno di bere qualcosa.»

La piccola dottoressa indiana si rivolge a mio fratello.

«Ti dispiacerebbe dire a una delle infermiere al bancone di portare da bere al signor Ricci?»

«Certo.»

«E poi, potresti darci un minuto?» chiede a Lorenzo, i cui occhi balzarono verso i miei.

Gli faccio un cenno e Lorenzo annuisce. Penso che sia meglio tenere mio fratello lontano dai nostri discorsi, almeno fino a quando non avessi avuto il tempo di eliminare alcuni potenziali colpevoli.

Uscito mio fratello, la dottoressa si avvicina al mio letto. Ha occhi gentili e c'è qualcosa in lei di cui mi fido.

«Sono la dottoressa Rohit. Sei al Garrison Hospital Center perché hai avuto un incidente d'auto,» mi spiega.

«Ho colpito qualcosa,» rispondo mentre i ricordi riaffioravano. «Era un albero?»

«Esattamente.»

«Qualcuno mi ha sparato e sono svenuto.»

Lei mi guarda confusa. «Scusa?»

«Qualcuno mi ha sparato. Mi ha colpito al collo. Mi ha fatto perdere il controllo della vettura.»

Ancora confusa, la dottoressa mi tiene delicatamente il mento e mi gira la testa. Non vedendo nulla su un lato, inclina il mento per guardare l'altro.

«Perché pensi che ti abbiano sparato al collo?» chiede con la fronte aggrottata.

«Perché l'ho sentito. Era proprio qui,» dico finalmente raggiungendo di nuovo il punto.

Con mia sorpresa, non solo il mio collo non mi fa male al tatto, ma non c'era nulla lì. Nessuna ferita, nessuna benda, niente. E per quanto possa dire da come si sente il mio corpo, non mi ero trasformato e guarito.

«Non capisco. L'ho sentito.»

«Per quanto i nostri esaminatori siano riusciti a determinare, non hai riportato alcuna ferita che possa emergere in superficie. Probabilmente avrai un livido sul petto a causa della cintura di sicurezza e la testa potrebbe essere un po' confusa per l'impatto con l'airbag. Ma, miracolosamente, a parte questo, stai bene.»

«Sto bene?» chiedo confuso. «Allora, perché sono svenuto?»

La dottoressa infila le mani nelle tasche e si rilassa.

«Sì. Ecco perché ho chiesto di parlare con te da sola.»

«Va bene,» dico preparandomi.

«So quanto possa essere importante l'immagine nel tuo mondo…»

«Di che mondo parli?» chiedo interrompendola.

«Non ne ho idea,» dice ritirandosi dalla sua posizione. «Ma ho pensato che avresti voluto stare solo quando ti avrei detto che hai schiantato l'auto dopo essere svenuto a causa di un attacco di panico.»

Di tutte le cose che avrebbe potuto dire, attacco di panico è l'ultima che mi sarei aspettato. Elaboro per un secondo.

«No. Cos'altro hai scoperto?»

«Temo che non sia una situazione a scelta multipla.»

«No, non può essere. Non ho attacchi di panico.»

«Sei stato recentemente sotto stress?»

Se sono stato recentemente sotto stress? Vediamo un po'. Mio fratello idiota ha ucciso un affiliato della Yakuza, sto aspettando che mio padre faccia la sua mossa per rimuovermi da alfa del branco e sono stato ingannato a sposare un uomo che ha ucciso tutti i suoi amanti passati.

«Non più del solito,» dico alla dottoressa sapendo di dire una bugia.

«Tuttavia, tutti i tuoi sintomi indicano un attacco di panico acuto che ti ha portato a sentirti leggero e a svenire, il che ti ha portato a urtare un albero. È successo qualcosa di stressante proprio prima dell'incidente?»

Vediamo, l'uomo che ho sposato mi ha baciato davanti a mio fratello e a uno dei miei maggiori rivali, e mi è piaciuto così tanto che la testa stava per esplodermi.

«Non che mi venga in mente,» dico alla dottoressa.

«Capisco,» mi risponde il medico. «Beh, stiamo ancora facendo dei test. Ma fino a quando non troveremo risultati contraddittori, consiglierei di abbassare i tuoi livelli di stress. Puoi prenderti una pausa dal lavoro? È possibile in questo momento?»

«Non è assolutamente possibile. E neanche lo è l'idea che io abbia avuto un attacco di panico. Spero che tu non l'abbia scritto da nessuna parte nei tuoi record,» dico intenzionalmente in modo minaccioso.

«Sei stato portato qui da un rappresentante della famiglia Sato. E posso assicurarti che ti estenderemo la stessa privacy e discrezione che usiamo con loro.»

Ah! Ora capisco. Questa è la dottoressa di Sato che, ne sono sicuro, è stata imbeccata da lui.

«Capisco,» dico, con la mente che finalmente inizia a ingranare. «Ma supponiamo che non si tratti un attacco di panico. Cos'altro potrebbe essere?»

«Cosa intendi?»

Penso a Kuroi.

«C'è una storia di uomini nella mia situazione che hanno attacchi di cuore. Potrei aver avuto qualcosa del genere?»

La dottoressa mi guarda di nuovo confusa. Perché?

«Sì, è una possibilità. Ma di solito un uomo della tua età e condizione fisica non dovrebbe essere candidato a un infarto. E abbiamo fatto un test per cercare marcatori di un tale evento e sono risultati tutti negativi.»

«Ma, potrebbe essere stato un attacco di cuore?» chiedo per chiarire.

«I sintomi si sono presentati in modi simili. Ma, come ho detto, la causa più probabile rimane un attacco di panico.»

«Così, ho avuto un attacco di panico, il che, se fosse vero, mi renderebbe troppo debole per fare un lavoro stressante come il mio. Oppure, ho avuto un attacco di cuore in circostanze molto sospette. È corretto, dottoressa?»

«Gli attacchi di panico sono molto controllabili con i giusti cambiamenti di stile di vita e tecniche di regolazione,» risponde, eludendo la mia domanda.

«Capisco. Dimmi, è anche possibile che mi abbiano sparato con qualcosa. Non con un proiettile, ma magari una freccetta o qualcosa del genere? Perché ho sicuramente sentito qualcosa colpirmi al collo. È una puntura al collo anche qualcosa che capita con un attacco di panico?» le dico con sfida.

«Normalmente no. Ma...»

«Quindi, è possibile che qualcosa potrebbe avermi colpito al collo.»

«Signor Ricci, ho scoperto che la causa più probabile è di solito quella giusta.»

«Rispondi semplicemente alla mia domanda. Una puntura al collo è anche un sintomo, o come lo chiami, di un attacco di panico?»

«No, Signor Ricci,» dice rilassandosi nella rassegnazione.

«Qualcosa di associato a una puntura al collo potrebbe portare a un attacco di cuore giusto?»

La dottoressa Rohit si ferma.

«Come ho detto, la causa più probabile è di solito quella corretta...»

«Dottoressa...» protesto non volendo litigare con lei.

«...Tuttavia, sì. Una puntura al collo potrebbe essere sia la causa di un attacco di cuore che un sintomo di infarto, a seconda della causa.»

«E cosa potrebbe causare una cosa del genere?»

La dottoressa scrolla la testa riluttante a rispondere.

«Un veleno. Ma, Signor Ricci, e non posso sottolinearlo abbastanza. Non ci sono prove di questo, e la causa più probabile...»

«È un attacco di panico. Lo so. Quando potrò uscire di qui?»

«Se quello che hai avuto è un attacco di panico, possiamo dimetterti non appena ti sentirai abbastanza forte da alzarti. Se fosse un attacco di cuore, allora dovremo trattenerti qui più a lungo per fare qualche altro esame.»

Guardo la dottoressa e rido.

«Capisco. Diciamo che, semplicemente, mi dimetterete quando mi sentirò pronto. Opteremo per questa soluzione,» dico non lasciandole scelta.

«Come desideri,» mi dice con la frase hai avuto un attacco di panico scritto in faccia.

Va bene. Quello che ha bisogno di credere per permettermi di uscire di qui.

«Potresti far entrare mio fratello quando esci,» dico, stanco di lei.

«Lo manderò subito,» dice educatamente prima di uscire.

«Qual è il verdetto,» chiese Lorenzo entrando immediatamente.

«Penso di essere stato avvelenato,» gli dico riflettendo sul pensiero.

«Kuroi! Ma come? Il bacio!»

«Il bacio,» concludo, senza dare vita all'altra cosa che la dottoressa ha suggerito.

«Ti ha avvelenato con il bacio,» Lorenzo conclude ridendo. «Beh, quello spiegherebbe la tua espressione dopo che è successo.»

«Cosa intendi?»

«Sembravi drogato. Era come se non sapessi nemmeno dove fossi. Poi sei semplicemente scappato.»

«Sì, probabilmente è quello,» dico lentamente ricordando il bacio.

Era davvero quello che era successo? Le cose mi stanno tornando in mente e qualsiasi espressione avessi in volto non era dovuta a un farmaco. Non vado in giro a baciare uomini. Almeno non davanti a persone che mi conoscono. E fare quello che ho fatto, nel modo in cui è successo e con lui...

Cosa c'era in Kuroi? Erano le sue labbra? I suoi occhi? Oh giusto, il modo in cui mi guardava. Era come se si insinuasse dentro di me e diventasse il pezzo del puzzle che mi è mancato per tutta la vita.

Quando sei un lupo, cresci sentendo molti discorsi sui compagni predestinati, persone che gli spiriti scelgono per te. Quando li si incontra, lo si capisce subito. Io non ci ho mai creduto, considerando chi mi fa eccitare, ma il sentimento che ho visto negli occhi di Kuroi mi sta facendo dubitare. Non ho mai provato niente di simile. Poteva essere davvero ciò di cui tutti parlano?

Ma, se sono stato avvelenato, è davvero stato a causa del suo bacio? Potrebbe essere stato questo il modo in cui ha ucciso tutti i suoi amanti? Il bacio della morte? E non è stato poco dopo che sono svenuto?

«Cosa farai a riguardo?» mi chiede Lorenzo riportandomi alla realtà. «E, sapevi che Sato stava pianificando di fare questo? Sposarvi seduta stante? È una follia!»

«Se avessi saputo cosa pianificava, pensi che sarei andato in quel modo?»

«Non lo so. Per un momento sembravi piuttosto coinvolto,» scherza Lorenzo.

«Assolutamente no! È stato un vero e proprio shock mentale quello che ha fatto.»

«Allora, non capisco. Perché l'hai fatto? Perché non l'hai fermato?»

Questa è una buona domanda. Perché non l'ho fermato? In questo momento mi viene in mente lo sguardo di Kuroi.

«L'ho fatto perché il nostro branco ne ha bisogno,» mento.

Lorenzo getta la testa indietro in ammirazione.

«Sei un uomo migliore di me, Dante,» dice mio fratello con un sorrisetto.

«E non te lo dimenticare,» rispondo scherzando.

«Allora, cosa farai adesso. Non puoi, tipo, vivere con lui o qualcosa del genere, vero? Ha già provato a ucciderti una volta.»

Questa è di nuovo una buona domanda. Non avevo discusso con Sato gli accordi di convivenza. Quando pensavo di sposare Yuki, ovviamente immaginavo di vivere insieme a lei. Questo sarebbe stato uno dei vantaggi del matrimonio. Ma ora… merda.

Com'era vivere con Kuroi? Se provasse a uccidermi, il fatto che abbia fallito significa che ci può riprovare. Quanto a lungo potrei dormire con un occhio aperto?

E quel vestito che indossava? Sì, era fottutamente sexy in quell'abito. Ma se sposassi un uomo, non dovrebbe comportarsi come un uomo? Voglio dire, fare sesso con un uomo è una cosa. I ragazzi hanno qualcosa che le donne non hanno. Ma gli uomini non dovrebbero comportarsi da uomini?

Maledizione, comunque stava bene in quel vestito. Come sposo maschio, credo sia il più sexy che sia mai esistito. Scartare quel regalo sarebbe stato il momento clou della mia vita. Mi eccita solo il pensiero.

«È un matrimonio di convenienza,» dico a Lorenzo. «Lo scopo è mostrare che le nostre due famiglie sono una cosa sola. Vivere insieme sarà necessario.»

«Wow! Mio fratello maggiore ha appena sposato un uomo,» dice Lorenzo con una risata alterata dalla situazione.

«Non pensare che questo mi impedirà di darti una lezione se dovessi,» gli dico con serietà.

«Credimi, non è così. Se sei disposto a fare una cosa del genere, cos'altro di folle saresti disposto a fare? Certo, l'uomo che hai sposato potrebbe ucciderti nel sonno prima che il gallo canti. Ma comunque.»

«Non preoccuparti per me. Posso prendermi cura di me stesso. Il giorno in cui permetterò a un pisellino di frapporsi tra me e ciò che voglio sarà un giorno gelido all'inferno.»

«Un pisellino?» Lorenzo chiede sorpreso.

«È così che chiami i ragazzi come Kuroi, giusto? Voglio dire, è quello che ho sentito.»

Lorenzo mi guarda sospettoso. Merda! Sono sposato con Kuroi da un giorno e stavo già scivolando. Forse vivere insieme sarebbe stato troppo. Devo ripensarci.

Il matrimonio è una cosa. Diavolo, ai tempi delle vecchie monarchie si sposavano tra cugini. Ma questo non significava che vivessero insieme.

Sì, è quello che farò. Ormai l'ho sposato. Non posso fare più nulla a riguardo. Ma non andrò a vivere con lui. Né oggi, né mai.

E se Sato mi chiedesse perché, gli direi che il suo viscido trucco mi ha costretto a sposarmi con l'inganno. L'umiliazione della mia famiglia non andrà oltre a questo.

Quindi, questo è quanto. Kuroi, qualunque cosa accada, non si trasferirà mai a casa mia. Mai. È deciso.

Capitolo 5

Kuroi

Cosa indossa un ragazzo nel giorno in cui si trasferisce a casa del marito? Tante le opzioni. Mentre guardo nel mio armadio, la scelta è difficile.

«Vediamo,» dico passando le dita tra i vestiti. «Stella McCartney, Victoria Beckham? Armani sarebbe un classico.»

Quando lo vedo, capisco: Alexander McQueen. Elegante e feroce. Un ragazzo deve fare un'impressione il primo giorno. Sarà presente mio marito? Si dice che sia sopravvissuto al suo piccolo incontro con me che stia pianificando di tornare a casa.

Il suo sposino dovrebbe essere lì ad accoglierlo, vero? Avvolto in un Alexander McQueen, lo saluterò alla porta, a braccia aperte.

«È deciso, Alexander McQueen. Prepariamo il resto,» istruisco gli uomini di mio padre che insistono nel vedermi partire.

Scelgo un paio di boxer neri dal cassetto, li infilo e

indosso il mio McQueen. Con l'animo di una diva, mi trucco il viso in stile Douyin. E, per completare il look, scelgo una selezione di piume per i capelli. Guardandomi allo specchio, vorrei che mi vedesse. Questo look non può andare sprecato.

Quante notti avremmo potuto condividere insieme prima della sua morte? Quasi non ce l'ha fatta il giorno del nostro matrimonio. Sarebbe un peccato, considerato il nostro bacio.

E lasciatemi dire, quel bacio… La mia lingua è stata in molte gole di uomini etero. Nessuno di loro mi ha mai fatto sentire così. È stato sufficiente per dare speranza a un ragazzo.

Non è forse così che dovrebbero iniziare tutti i matrimoni, pieni di speranza e promesse? Sono una sposina timida, infondo. E lui, il mio caro Dante, è il mio grande e terribile marito.

Ricordando di nuovo il bacio, mi perdo nel ricordo. Come aveva potuto farmi provare ciò che avevo sentito? L'avevo baciato per innervosirlo, per farlo vacillare. Invece, ho provato qualcosa. Potete immaginare io che provo qualcosa? Non sono andati fuori moda i sentimenti negli anni '80? Eppure, il retro-chic è ancora di gran moda.

Pronta la valigia, salgo sull'elicottero di mio padre e vengo portato in città. Mi chiedo, dove vive il mio promesso sposo? Atterrando su un eliporto su un tetto in centro, sono felice di sapere che abita in città. Avrei

odiato dover fare i chilometri per raggiungere i miei
soliti ritrovi.

Ma ora che sono sposato, forse la mia vita potrebbe
cambiare. Avrei ancora frequentato i locali più in voga di
Manhattan avendo doveri coniugali da svolgere? Magari
starei lì a preparargli la cena ogni sera, perdendomi nella
beatitudine coniugale. Io e mio marito insieme a
conquistare il mondo.

La mia gloriosa fantasia si conclude quando
arriviamo al suo edificio, sembro appena uscito da una
passerella e l'uomo al banco della portineria cerca di
fermarmi dal prendere l'ascensore. Penso per un attimo
di tagliargli la gola mentre parla senza sosta dicendo che
non sono sulla sua lista. Certo. Perché non lo sono? Ciao,
Alexander McQueen!

Invece, gli uomini di mio padre gli rompono qualche
dito, prendono la chiave e mi accompagnano su.

L'ascensore si apre sul suo appartamento. Fissando
l'arredamento sorprendentemente raffinato, lo spazio
aperto e la vista su Central Park dalle porte scorrevoli a
tutta parete, mi dispiace.

«Andrà bene,» dico istruendo gli uomini a depositare i
miei effetti personali nel soggiorno e a lasciarmi solo.

Una volta solo, mi guardo di nuovo attorno. Vedo subito
come si possa essere gettati dal balcone, o disossati con i
coltelli in cucina, o soffocati da una sorprendentemente
ampia selezione di cuscini decorativi.

Per quanto riguarda le uscite, c'è solo una via d'uscita,

l'ascensore. Edifici come questo richiedono una seconda
uscita per motivi di sicurezza antincendio. Devo scoprire
dov'è.

Adesso la domanda più importante è: ci sono telecamere
di sicurezza? Chiunque sotto i 70 anni nella sua
situazione le metterebbe. Mio padre, per quanto attaccato
al paese d'origine, ha una telecamera in ogni stanza.
Anche nella mia.

Quando l'ho strappata via, i suoi uomini l'hanno rimessa
su. Mi dava fastidio finché non ho scoperto quanto mi
piace fare spettacolo. E in più non sapevo chi stesse
guardando o se qualcuno stesse guardando affatto.

Quando vedevo qualcuno reagire diversamente a me
dopo uno spettacolo particolarmente vigoroso, aspettavo
che di trovarmi solo con lui e lo marchiavo.

Niente di drammatico. Solo un piccolo taglio verticale
sotto l'occhio sinistro. In pochi mesi, la maggior parte
delle persone non avrebbe quasi notato la cicatrice. Ma
lui sapeva che era lì e non avrebbe mai dimenticato.

Dopo quello non osavano più rovinare le mie fantasie.

Quindi, mio marito avrà sparso telecamere? Lentamente
giro in cerchio nello spazio, devo scoprirlo. Il soggiorno
è spazioso e di un lusso color crema, ma senza
telecamere. La cucina moderna e sembra
sorprendentemente usata, ma comunque, non c'era niente
che registri.

Ci sono tre camere da scegliere. Due sono stanze degli
ospiti non occupate, con letti king-size ma senza

telecamere. E infine, la sua camera da letto.

Provo una leggera eccitazione avvicinandomi. Come può essere la camera da letto di un uomo che bacia così? La risposta è: trasuda di sesso.

C'è un profumo nell'aria. È il suo? Mi lacera dentro, graffiando le viscere. Un'ondata di calore sale intorno al mio collo e si avvolge giù fino all'inguine. Sono talmente eccitato che mi fa male. Più di ciò, non c'è una telecamera da nessuna parte. Non solo nella sua camera, in tutto l'appartamento. Può esserci un solo motivo per questo. Mio marito fa cose qui che non vuole registrate. E, quel bacio…

Oh, come vorrei possederlo. Mi sarei sbarazzato del Tom Ford, avrei afferrato ciò che ne esce e me lo ficcherei in bocca. Diventerei uno dei suoi segreti. Guardando di nuovo lo spazio, non c'è dubbio, questo avrebbe funzionato a meraviglia.

Sento un rumore che attira la mia attenzione verso l'ascensore, quasi soffoco. È qui. È arrivato mio marito. Non c'era niente che mi renda nervoso ma sentendolo, le mie gambe tremano. Come quelle di una sposa verginella.

Cercando il bagno, mi precipito dentro e controllo il mio viso. Voglio apparire perfetto. Beh, forse non perfetto, ma il mio trucco deve essere impeccabile. Sistemando le pieghe del mio abito, mi ricompongo, torno alla porta della camera da letto e mi presento a lui.

Lo vedo prima che lui veda me. Uso quel tempo per

mettermi in posa sulla cornice della porta. Voglio fare una buona prima impressione. La posa deve essere drammatica. Lo è. E quando si gira e i nostri occhi si incontrarono, rimane fermo.

È come il momento prima del nostro bacio. Posso vedere dentro di lui. È rabbia e fuoco sotto una crosta di lava. In qualunque momento avrebbe potuto esplodere. Sentendo la sua furia ribollire in superficie, inalai tremante e...

«Ehm,» grugnisce, girandosi annoiato e dirigendosi verso la cucina.

Aspetta? Mi ha appena snobbato? Rabbia, desiderio e follia esistono e lui... mi ha ignorato?

Oh no! Penso, sentendo un crepitio nella mia testa.

«Ciao, il tuo maritino è a casa,» lo informo dandogli una seconda possibilità.

Mi guarda di nuovo.

«Tutto ciò che vedo è un ragazzo vestito con i vestiti da donna.»

In un istante, divento cieco di rabbia.

«Questo è un Alexander McQueen!»

«Non so chi sia. E attenzione a cosa tocchi con tutto quel trucco addosso. Oppure impara a usare un pulitore a vapore.»

La mia mente improvvisamente vola altrove. Realizzo di non essermi dotato dei giusti accessori. Avevo pensato che portare i miei coltelli sarebbe stato troppo appariscente considerato il mio abito aderente. Così, attraversando la stanza prima che mio marito possa aprire il frigorifero, prendo in prestito uno dei suoi dal ceppo del macellaio.

Mi piacerebbe dire che c'è un motivo per cui scelgo di fare questo, ma non sono più io a essere in controllo. Il demone ragno ha preso il sopravvento e sembra che non provi le stesse cose che provo io per il nuovo uomo nella mia vita.

Con un colpo rapido, infilò il coltello nella parte posteriore della coscia di mio marito. Non mi aspettavo di sentirlo gridare. Doveva sapere che stava arrivando, non è vero? Non lo aveva forse praticamente implorato? Ad ogni modo, la puntura lo sveglia. Comunque, mi aspettavo fosse più veloce. Prima che lui abbia il tempo di girarsi, la lana lo colpisce di nuovo. Stavolta di lato. Ha un debole per lui comunque, perché non tocca gli organi vitali. È più di un Prince Albert che entra da una parte e esce dall'altra.

Solo allora reagisce. È sorprendentemente veloce per essere un uomo maturo. Con la lama ancora in lui, mi raggiunge la gola afferrandomi. Piegandomi prima, mi lancia attraverso la stanza. Mio marito è forte.

Se questo è il suo piano per fermare i demone ragno, questa ha un'altra cosa in serbo. Non avendo più il coltello, si raccoglie e salta di nuovo. Lanciandosi in aria, si aggrappa al suo collo. Tenendosi mentre lui ruotava, la sua presa si allenta quando lei si schianta contro il frigorifero.

Sicuramente è un tipo forte. E quando lo fa di nuovo con

il doppio della forza, lei si lascia andare, permettendogli di prenderla per la gola, sollevarla sopra la sua testa e lanciarla sul divano.

Con le mani strette attorno alla sua gola, vedo la vita tornare nei suoi occhi. Ha scelto la follia. È glorioso vederlo. La visione di ciò fa allontanare il demone ragno e mi fa rientrare in me stesso. Le mani di mio marito sono potenti. Io non posso fare nulla. Potrebbe uccidermi con un solo colpo del suo polso. Lo farebbe? Mentre l'oscurità mi chiude la vista, mi rimane il dubbio. E proprio prima che scompaia il mio mondo, vedo il suo volto mutare. Oh, mio Dio! Mio marito si sta trasformando. Non sono mai stato prima con un lupo, e posso solo immaginare come potrebbe essere. Vederlo trasformare è incredibile, nel momento in cui spero di vedere di più, svengo.

Quando mi riprendo, le cose sono molto più tranquille. Mio marito non mi sta più soffocando e io non sto più cercando di ucciderlo. Sto invece disperatamente cercando di riprendere fiato e lui è a petto nudo e si sta rimettendo i pantaloni Ma, cosa più interessante, i suoi morsi di ragno erano scomparsi.

«Serve aiuto?» chiedo trovando la voce.

«Sei fuori di testa» dice, guardandomi a malapena guardandomi.

«Ma tesoro, sono la tua pazzerella,» flauto.

«Che fortuna,» sbuffa sarcasticamente.

«Credo che tu mi abbia rovinato il trucco,» ammetto, non

volendo guardarmi allo specchio.

«Credo che tu mi abbia pugnalato alla schiena.»

«Era un colpetto d'amore.»

«Lo chiami amore?»

«Pensi che non avrei trovato un'arteria?» chiedo casualmente.

Mio marito si ferma, sobbalzando.

«Non lo so. La troveresti?»

«Ci sono sei arterie che se tagliate portano probabilmente alla morte. Nel collo, nel petto, nella clavicola, nel braccio, nel bacino, e oh sì, quattro centimetri più giù dalla ferita nella tua coscia.»

«Merda!» mugola.

«Come ho detto, un colpetto d'amore,» gli dico prima che si alzi, dirigendosi nella sua stanza e chiudendo la porta dietro di sé.

Questo renderà le mie attività coniugali nella nostra prima notte di nozze, una vera sfida. Forse quello che ho fatto non servirà a niente. Sospirando spero che voglia solo sistemare la sua stanza prima di invitarmi dentro, mi sistemo sul divano e aspetto che torni. Osservo la sua porta tutta la notte. Non esce. Sono ancora lì sveglio quando il sole sbuca tra i grattacieli e sento finalmente la sua porta aprirsi.

Mi siedo e sono sicuro di sembrare un disastro. Avrei dovuto darmi una riordinata. Ho ancora il trucco di ieri e l'abito sgualcito. A cosa stavo pensando? Questo non è il modo per tenersi un uomo.

Mettendo da parte la mia disinvoltura, posiziono le mani in grembo cercando di assumere una posa elegante. Non avrebbe dovuto resistere a questa figura, ma in qualche modo l'ha fatto. Esce dalla sua stanza completamente vestito, mi guarda a malapena. Quando lo fa, in risposta alla mia impazienza, alza un dito, congelandomi.

Ad essere onesto, non so come reagire. Quando finalmente mi decido, è già entrato nell'ascensore.

«Vuoi che ti prepari un caffè?» chiedo alla porta dell'ascensore che si chiude.

La verità è che non ho idea di come fare il caffè. Il caffè è una di quelle cose che appaiono già versate in tazze o bicchieri. Ma non dovrebbe essere così difficile da capire, vero?

Sospettando che il mio amore se ne sia andato via per la giornata, mi accascio nel mio posto e abbasso la testa tra le mani. Sentendo scivolare le mie mani mi metto a pensare. Mi guardo le mani, sono coperte di fondotinta. Devo pulirmi.

Per farlo, considero di dirigermi verso il bagno di Dante. Poi ci ripenso. Non è perché non voleva che fossi lì. Semplicemente non voglio lasciare disordine. Quindi, scelgo uno dei bagni delle camere degli ospiti. Pulito, entro in doccia, nudo come un verme. A questo punto comincia a insinuarsi in me la realtà della mia vita. Non mi piace come appare. Fortunatamente, questo pensiero non rimane a lungo. E, uscendo dalla doccia senza vestirmi, faccio un altro giro della mia nuova casa e alla fine mi infilo nel suo letto. Era decisamente il suo muschio quello che sentivo. È inebriante. Avvolgo le braccia intorno al suo cuscino e tirandolo a me, cerco di avvolgere le mie gambe intorno ad esso. Avevo bisogno che mi toccasse. Anelavo sentire la sua mano grande afferrarmi il sedere e farlo suo.

Sdraiato lì come un cane in calore, non trovo sollievo se non nel sonno. Sono stato sveglio tutta la notte aspettando che venisse da me. Non è mai venuto. Dovrà essere punito per questo. Sono suo marito, dopotutto. Non si tratta nessuno in questo modo. Tuttavia, svegliandomi e sentendomi riposato, abbandono i pensieri di vendetta. È stata June Cleaver a dire che si prendono più mosche con il miele? Oppure che la strada verso il cuore di un uomo passa per il suo stomaco? Comunque, devo adottare un approccio diverso. Sarei il marito perfetto. Indossando perle e tacchi alti, cucinerò uno sformato. Non dovrebbe essere così difficile, vero? Dovevo solo chiamare il capo, dirgli cosa voglio ed è fatta.

Più urgente del pasto è l'abito da indossare. Ho delle perle perfette. Purtroppo, sono a casa di mio padre. E l'idea di lasciare questo posto non mi va bene.

Se me ne andassi, sarei in grado di rientrare? Certo che sì. Sono pur sempre il marito di Dante. Quando sarei tornato sarebbe felice di vedermi.

Tuttavia, quando è entrato nell'ascensore non mi ha dato l'idea che volesse tornare.

«Yuki, puoi farmi un favore?» chiedo al telefono.

Yuki viene a portarmi la scatola con le mie perle

«Ho un regalo per te,» dice con uno dei suoi delicati sorrisi.

«Un regalo di nozze?» dico prendendo la scatola.

Scartandola, ciò che trovo mi fa sorridere. Mi si addice molto.

«Le adoro!» dico subito.

«Com'è stata la prima notte?» chiede con tristezza negli occhi.

«Da uomo sposato? Tutto quello che ho sognato,» dico fantasticando.

Sedendosi accanto a me Yuki posa la mano sulla mia coscia.

«Kuroi, mi spiace che papà ti abbia fatto questo.»

«No, va bene. Credo davvero che potrebbe essere una buona cosa.»

Yuki incontra il mio sguardo.

«Davvero, Yuki. Le cose sono iniziate un po' turbolente, ma potrebbe essere lui quello giusto,» dico cercando di guardare oltre le prove a sfavore.

Yuki lentamente si guarda attorno nella stanza. Tutte le mie cose ancora abbandonate appena dentro il soggiorno. La cucina sembrava la scena di una rissa con coltelli. E c'erano gocce di sangue sul tappeto.

Quando il suo sguardo torna su di me, abbasso gli occhi. Con un'eleganza che io posso solo fingere di avere, Yuki raddrizza la schiena e si rivolge a me.

«Conosci il motivo per cui papà ti ha chiamato Kuroi?» chiede come se volesse versare alcol in una ferita aperta.

«Credo che tutti sappiano perché mi ha chiamato così,» dico mentre il mio pollice tenta per l'ultima volta di togliere il buio di torno.

«Non è per la tua pelle scura,» dice con mia sorpresa. «L'ha fatto per segnarti come la macchia scura sul suo onore. Eri il prezzo che ha pagato per un momento di debolezza.»

Faccio una smorfia sentendo ciò che mai avrei voluto sentire.

«Ha perso tutto per tenerti. C'erano alcuni che gli avevano detto di gettarti nell'oceano. Perfino i nostri fratelli glielo avevano suggerito. Ma non l'ha fatto. Ti ha tenuto. E sapeva che tu per sopravvivere, avresti dovuto imparare a stare al tuo posto. Ma eri ostinato. Come bambù pietrificato, non ti piegavi. Per questo ti ha fatto kagema. Era per insegnarti a stare al tuo posto. Era per aiutarti.»

Le parole di Yuki mi trafiggono, lasciandomi spoglio. Nessuno me l'ha mai detto, ma mio padre mi aveva fatto capire abbastanza su chi è mia madre: una succube che lavora come prostituta. Per questo sono un mezzo sangue. Posso ereditare la maledizione di mio padre o i poteri di seduzione di madre. Considerato che i miei amanti continuano a morire, credo sia ovvio quale potere abbia ereditato.

«Cosa mi stai dicendo di fare?» chiedo tornando a essere

il quattordicenne strappato dalla mia casa.

«Per crescere nel campo, il bambù deve piegarsi.»

«Stai dicendo che dovrei sottomettermi? A chi? A mio marito? A papà?»

«Devi piegarti,» ripete la mia sorella sottomessa.

Ha ragione Yuki? Nel nostro mondo, ha sicuramente prosperato. Con la sua naturalezza gentile e le parole dolci, è diventata la favorita di papà. Non c'è nulla che non farebbe per lei. Tiene nostro padre avvolto attorno al dito.

C'era potere nella sottomissione? Potrei avere io quel potere? Quel potere potrebbe darmi Dante? In che modo? Come amante? Come amore? Qualcuno potrebbe amare una macchia nera come me?

Tra me e Yuki non sono più necessarie parole. Il silenzio cala su di noi. Invece di litigare con lei, provo qualcosa di nuovo. Mi piego. Principalmente lo faccio per aiutarla a raccogliere i coltelli sparsi per la cucina dopo la rissa con mio marito. Non è poi così male.

Potrei sottomettermi tanto quanto mia sorella? Probabilmente no. Yuki ne ha fatto un'arte. In tutti i modi è una giapponese perfetta. E io cosa sono?

Non importa ciò che sono, importa ciò che posso diventare. Diventerà come mia sorella.

Abbasserò gli occhi quando mi guarderanno gli uomini. Mi inchinerò alla presenza dei miei anziani. E sarò un marito perfetto per un uomo come Dante Ricci, mio marito e padrone.

Capitolo 6

Dante

Trasformare l'organizzazione di famiglia in un insieme legittimo di aziende ha i suoi vantaggi. Primo è che posso andare in un ufficio. Questo è particolarmente utile ora perché mi allontana dal pazzo che ho sposato.

Non fraintendetemi, vedere Kuroi in quel vestito, con il trucco, è stato quasi troppo da sopportare. Ho dovuto resistere con tutte le mie forze per non correre attraverso la stanza e scoparlo come se non ci fosse un domani. Quell'uomo sa come farmi sentire cose che so di non dover provare.

Ma è difficile immaginare di avere una vita insieme mentre schivo le sue coltellate. Devo riconoscerglielo, quell'uomo è veloce. Non posso semplicemente tenerlo a distanza. Mi ha fatto lavorare sodo per tenerlo alla larga. Ho dovuto perdere la calma per impedirgli di uccidermi.

La cosa strana è che non penso stesse cercando di uccidermi. Aveva ragione, ci sono diversi punti vitali che avrebbe potuto colpire se avesse voluto porre fine alla mia vita. Questo mi confonde parecchio perché se ha cercato di uccidermi con un bacio velenoso al nostro matrimonio, perché avrebbe dovuto intenzionalmente mancare il colpo mortale davanti a un'altra possibilità?

Non ha senso. Naturalmente, niente ha senso con quel pazzoide. Una cosa è certa: non posso voltargli le spalle. Dovrei anche fare una visita agli uomini di Sato per quello che hanno fatto a Franko, l'addetto del mio palazzo. Ha una famiglia e ha bisogno di guadagnarsi da vivere.

Non può venire al lavoro ogni giorno temendo che facendolo si possa ritrovare con le dita rotte. Ora, non solo dovrò pagare le sue spese ospedaliere e il tempo libero dal lavoro per farlo tornare, ma la sua mancia di Natale deve essere almeno pari al valore di un'auto piccola. Cristo, quanto mi costerà essere sposato con Kuroi?

«Ho sentito che gli uomini di Sato hanno attaccato il tuo portiere ieri sera,» dice Matteo quando entro nel mio ufficio e lo trovo lì.

Mi fermo valutando rapidamente la situazione. Non ho ancora avuto l'occasione di raccontare al resto della mia famiglia del matrimonio. Ero troppo impegnato a riprendermi da un tentativo di omicidio.

E ieri sera, dopo aver lasciato l'ospedale, ero preoccupato di come avrei detto a Sato che io e Kuroi non avremmo vissuto insieme. Questo, ovviamente, prima di tornare a casa e trovarlo già lì, con l'aspetto più desiderabile che avessi mai visto.

«C'è stato un incidente. Me ne sto occupando,» dico a mio fratello dirigendomi verso la mia scrivania. «Cosa fai qui?»

«Papà mi ha mandato a controllarti. Non ha avuto il tempo di venirti a trovare in ospedale,» dice Matteo giocando a un sottile gioco con un livello di abilità che non pensavo avesse.

«Non c'era bisogno di fermarsi. È stata una breve permanenza.»

«Una breve permanenza perché hai schiantato la tua bellissima macchina contro un albero. Cosa ti è preso per fare una cosa del genere? Il Dante che conoscevo avrebbe avuto bisogno di essere colpito da un proiettile per fare qualcosa del genere.»

Sentendo il suo riferimento allo sparo, alzo lo sguardo verso Matteo. È questo un nuovo livello del suo gioco sottile?

«Perché hai detto questo?» chiedo sospettoso.

«Detto cosa?»

«Che avrei avuto bisogno di essere colpito per schiantare la macchina.»

«Perché è così. Amavi quella macchina. Agivi come se ti saresti fatto sparare per quella macchina,» mi spiega mentre cerco ogni indizio che possa essere dietro il pizzicotto sul collo che ho sentito prima di schiantarmi.

«Non amavo così tanto quella macchina,» gli dico, non venendomi in mente altro.

«Allora, cos'è successo?»

Non gradendo dove stava andando il suo interrogatorio, mi sistemo alla scrivania e iniziai la mia giornata.

«Quello che è successo è che mi sono schiantato.»

«Ma perché? Abbiamo mandato qualcuno a interrogare la dottoressa, ma lei non dice nulla.»

«Voi?»

«Sì, sai, papà e io.»

«Quindi ora siete tu e papà? Dopo tutto quello che ci ha fatto passare, gli sei comunque leale? Dopo tutto il casino che ho dovuto risolvere per le tue cazzate?»

«Ehi, non ti ho mai chiesto di fare ciò che hai fatto,» risponde sulla difensiva.

«Non hai mai dovuto farlo. Questo è quello che significa essere una famiglia. Ci prendiamo cura l'uno dell'altro. Sarebbe bene per te ricordarlo.»

«Lo ricordo,» dice Matteo facendo un passo indietro.

«Bene,» dico volgendo l'attenzione al computer sperando che se ne vada da solo.

«Ma, parlando di sistemare il mio casino. Io e papà ci chiedevamo cosa sia successo con quella tua idea di sposare uno dei consanguinei di Sato?»

Sa? Deve sapere qualcosa. Se sapevano in quale ospedale mi trovavo, certamente avranno capito cos'altro c'è lì vicino e avranno dedotto il motivo del mio essere lì.

Merda! Devo dirlo a tutti. E non c'è modo di evitare di dirgli che il capo della famiglia Ricci ha appena sposato un uomo.

«Sì, è stato risolto,» dico con nonchalance.

«Come? Quando è successo?»

«Ieri. C'è stata una piccola cerimonia a casa di Sato.»

Il silenzio che si crea mi fa alzare lo sguardo. Matteo è più che semplicemente stupito, è sbalordito.

«Cosa intendi per 'c'è stata una piccola cerimonia a casa di Sato'?»

«Me ne sono occupato.»

«Te ne sei occupato nel senso che ora sei un uomo sposato?»

«Sì. Me ne sono occupato,» dico cercando di alzare la voce per fargli credere di essere l'idiota per farmi ripetere, ma il mio cuore non ci sta.

«Quindi, mio fratello maggiore, alfa del branco Ricci si è sposato senza la sua famiglia?»

«Ovviamente no. C'era Lorenzo.»

Matteo, che si è alzato per parlare con me di fronte alla scrivania, si butta giù sulla sedia. Tira il viso come se gli girasse la testa.

«Cosa? Non è una grande cosa. C'era un problema che hai causato tu, e come sempre, me ne sono occupato. Che c'è di nuovo in questo?»

«C'è di nuovo è che ti sei sposato.»

«Già,» confermo iniziando a provare imbarazzo per il discorso.

«Mio fratello maggiore, che ho sempre sognato di affiancare nel suo grande giorno, si è sposato e l'unico presente era Lorenzo?»

«Matteo, non è importante.»

«Non è importante? Dante, i lupi Ricci si sposano una volta sola, capisci? Una volta sola! E ora, la persona che ammiro di più al mondo è sposata, e io non ero lì a testimoniarlo?»

«Testimoniarlo? Di cosa stai parlando, Matteo. Non è un grosso problema.»

Fissando Matteo, vedo che i suoi occhi si stanno velando. Cosa sta succedendo? Una volta l'ho visto quasi uccidere un uomo di botte. Ho visto nostro padre quasi picchiarlo a morte. E nemmeno allora aveva pianto. Comincio a pensare di aver fatto qualcosa di sbagliato.

«Va bene,» dice Matteo ricomponendosi. «Puoi almeno dirmi chi è la mia nuova cognata?»

Il mio petto si stringe come un tamburo. La sua nuova cognata? L'idea che io potessi essere con un uomo non è nemmeno immaginabile per lui. E nemmeno io l'avrei mai immaginato.

«È un po' più complicato di così.»

«Più complicato? Come può essere più complicato?»

Non c'è modo di sfuggire a questo, soprattutto ora che il mio nuovo marito che si è trasferito da me. Abbasso lo sguardo sui documenti sulla mia scrivania, incapace di guardarlo negli occhi.

«Guarda, quello che hai fatto è stato riprovevole. Ho dovuto fermare una guerra. Chi sa quante persone sarebbero morte se non avessi fatto questa mossa.»

«Cosa stai dicendo?»

«Quello che sto dicendo è che non ho sposato una lei. È un lui.»

Lo shock travolge mio fratello. Ogni secondo passato in silenzio rende fa innervosire il mio lupo sempre di più.

«A cosa stai pensando, Matteo?» chiedo, domandandomi se avrei dovuto intervenire fisicamente.

«Io…»

«Tu cosa?»

«Non capisco,» dice sembrando effettivamente confuso.

«Guarda, è successo che Yuki non era disponibile. Credo sia stata promessa a qualcun altro o qualcosa del genere. E dato che avevamo bisogno di far funzionare questa cosa, l'unica opzione era Kuroi.»

Matteo sussulta sorpreso. «Kuroi? Intendi dire quel fottuto demone ragno? Ma che cazzo, Dante?»

«Non dare credito a quelle stronzate del demone ragno. L'ho conosciuto. È un tipo perfettamente ragionevole.»

Per dimostrarlo potrei aggiungere che non ha nemmeno tagliato un'arteria quando mi ha colpito più volte la notte precedente.

«Tipo ragionevole? Dante, non hai sentito? Quel tizio è uno psicopatico! Certo, non è male da guardare, se ti piace quel genere di cose.» Matteo si ferma. «Dante, ti piace quel genere di cose?»

Cazzo! Questa è una domanda diretta. Ero riuscito a evitare questo tipo di domanda per tutta la vita. Sposo un uomo e la merda arriva al ventilatore.

«Mi conosci, giusto, Matteo? Mi conosci. Sono disposto a fare qualunque cosa per proteggere il nostro branco. Abbiamo bisogno di questo legame.»

«Ma non fino a questo punto.»

«Matteo, non fino a questo punto? Non sai in che merda il tuo comportamento ci ha messo?»

«Obbligarti a sposare qualcuno che non vuoi, non ne vale la pena. Una cosa se pensavo che fosse Yuki. Posso immaginarmi voi due stareste molto bene insieme. Ma Kuroi? Quel tipo è uno psicopatico. Nulla vale una cosa del genere. Intendo, se non ti piace,» disse con allusione.

«Quel che è fatto è fatto. Capito? E in secondo luogo, ora che è mio marito, non posso permettere che tu vada in giro a denigrarlo così. Capito? Se gli manchi di rispetto, stai mancando di rispetto a me.»

Matteo mi guarda scioccato.

«Hai capito?»

«Sì, certo. Qualunque cosa, Dante,» dice mio fratello sembrando molto confuso.

Ci fissiamo per un momento in silenzio. Non so quale sia il suo pensiero, ma l'avevo detto.

«Sarà un problema per te?» chiedo a mio fratello ancora scioccato.

«Certo che no, Dante. Nessun problema.»

«Bene. Allora, cos'altro c'è?»

«Un'altra cosa. Come pensi di dare la notizia a papà? Intendo, mi conosci, io sono di larghe vedute. Ma lui non è esattamente della nostra scuola di pensiero.»

Nostra scuola di pensiero? Cosa esattamente vuole dirmi Matteo?

«Suppongo che dovrai andare a dirglielo. Spero di non doverlo fare io.»

«Tu non devi fare un cazzo.»

«Dante, hai sposato un dannato uomo! Nessun disprezzo per questo. Ma lo scoprirà.»

Matteo ha ragione. Papà non deve essere preso alla sprovvista con questo. Se lo venisse a sapere dalla persona sbagliata, probabilmente si trasformerebbe e ucciderebbe quella persona per il solo fatto che l'abbia informato. Mi tocco il punto sul fianco in cui Kuroi mi ha pugnalato. La ferita si è rimarginata dopo la trasformazione, ma mi fa ancora male. A volte il cervello di un licantropo impiega del tempo per mettersi al passo con la guarigione istantanea che segue la trasformazione.

«Stai bene?»

«Sto bene. Le cinture di sicurezza ti salvano la vita, ma...» dico sottolineando che il mio disagio deriva da questo.

«Aspetta. Il tuo incidente ha qualcosa a che fare con l'esserti sposato da Sato ieri?»

Come posso spiegarglielo?

«È successo mentre ero in macchina per andarmene.»

Mi guarda confuso.

«Allora, cosa è successo a Lorenzo? Non hai detto che era lì con te?»

«Non quando me ne stavo andando.»

«Perché non era con te quando te ne stavi andando?»

«Avevo bisogno di uscire e prendere un po' d'aria. È un problema?»

Matteo si tira indietro.

«Non ho un problema con questo. Sto solo cercando di capire cosa è successo. Sai che papà mi chiederà conto di questo.»

«Digli solo quello che sai. Non ho segreti.»

«Ne sei sicuro?» mi chiede andando al cuore della questione.

«Guarda. Digli quello che devi dirgli. Non ho nulla da nascondere. Ho fatto quello che dovevo fare. Ora ormai è fatta.»

«Sai che mamma vorrà incontrarlo, giusto? Si aspetterà che lo porti a cena della domenica. Non c'è modo che tu possa evitarlo.»

Oh, cazzo. Ha ragione. Non importa cosa pensa papà di questo, mamma lo accoglierà nel branco. Vorrà averlo a cena e si aspetterà che si comporti come parte della famiglia.

Come potrei mai portare mio marito, un pazzo agghindato, a una delle nostre folli cene di famiglia? Se qualcuno dicesse qualcosa sui suoi vestiti, quel qualcuno potrebbe finire male.

«Continui a toccarti il fianco. Sei sicuro di stare bene, Dante?»

«Sto bene.» gli dico iniziando a chiedermi se ciò sto provando sia un attacco di panico. O se davvero i muri si stiano chiudendo attorno a me.

«Ascolta, devo lavorare. C'è altro di cui hai bisogno?»

«Sì, ho bisogno che tu dia la notizia a papà, così non dovrò farlo io.»

«D'accordo.»

«E ho bisogno che mi rassicuri che tutta questa situazione non esploderà.»

«È tutto sotto controllo.»

«Spero sia così,» dice Matteo con vera preoccupazione. Girandosi per andarsene, aggiunge, «Forse tu, io e il tuo nuovo marito dovremmo uscire per una prova prima che lo presentiamo al resto del branco. Sai...»

«Perché non possiamo sapere se il resto de branco la pensa come noi?»

«Esatto.»

«Ci penserò,» gli dico volgendo di nuovo mia attenzione al monitor del computer.

Quando Matteo chiude la porta dietro di sé, alzo lo sguardo. L'aria mi riempie i polmoni come un tunnel di vento. Tutto ciò che riguarda la nostra conversazione è inaspettato. Tra tutti, pensavo che Matteo avrebbe preso male il fatto che sto con un uomo. Non è esattamente noto per la sua tolleranza.

Ma ha detto che non possiamo essere sicuri che gli altri la pensino come noi. Cosa significa esattamente? Come la pensiamo noi?

Non ho mai saputo che io e il mio fratello belloccio la pensassimo allo stesso modo di qualcosa. Ma sicuramente intendeva dire qualcosa con questa frase. La domanda è, cosa?

Un'altra domanda è, come dirò a nostro padre che ho sposato il figlio di Sato? E un'altra domanda è, Kuroi mi ucciderà prima che io possa farlo?

Quel ragazzo è veramente pazzo. Bello da guardare, come ha detto Matteo, ma completamente pazzo. Mi ha accoltellato durante la nostra prima notte insieme. Per quale motivo?

Forse dovevo solo dargli un po' di spazio. Non può essere stata un'idea sua sposarsi. Forse se gli avessi dessi un po' di fiducia, si abituerebbe alla situazione e non sarebbe più così aggressivo la prossima volta. O forse dovrei semplicemente nascondere i coltelli.

Come cazzo mi sono messo in questa situazione? Dannato Matteo!

Avendo messo giù un vago piano su come gestirò Kuroi in futuro, mi concentro sugli altri problemi in sospeso. Primo, qualcuno aveva cercato di uccidermi. Avendo fallito, ci avrebbero riprovato.

Secondo, non posso essere sicuro che mio padre accetti che io guidi il branco. Escogiterà qualcosa. È solo una questione di tempo.

Mentre aggiorno Lorenzo sulla situazione ometto di raccontargli che il mio nuovo marito ha cercato di trasformarmi in uno spiedino. Lui sospetta che ci sia Kuroi dietro il mio svenimento prima dell'incidente. Tralasciando il fatto che Kuroi non mi ha ucciso intenzionalmente, è difficile spiegare perché ora io lo metta in dubbio.

«Ti ha baciato e, pochi minuti dopo, sei precipitato,» mi dice durante il pranzo.

«Se avesse voluto uccidermi, lo avrebbe potuto fare mentre dormivo,» gli rispondo, anche se non ho chiuso occhio la notte scorsa.

«Aspetta, come avrebbe potuto? Sa persino dove vivi?»

«Certo che sì. Si è trasferito da me»

Lorenzo si blocca mentre sta per mettere un pezzo di lattuga in bocca.

«Pensavo avessi detto che voi due avreste vissuto separati.»

«Non mettermi queste parole in bocca,» gli dico sdrammatizzando tutto ciò che avrei potuto dire o non dire.

«Non sto cercando di metterti parole in bocca. Pensavo solo che l'avessi detto.»

«Beh, non l'ho detto.»

Sono sicuro di averlo solo pensato. E questo può essere stato il piano. Ma non sono sicuro che quelle parole siano uscite dalla mia bocca.

«Comunque, com'è stata la tua prima notte da uomo sposato? Tutto fatto e consumato?» scherza.

«Quel giorno arriverà,» gli rispondo, molto più eccitato dal pensiero di quanto vorrei ammettere.

«Allora, quando incontrerò il mio nuovo cognato?»

«Com'è che tutti hanno fretta di incontrarlo?»

«Tutti?»

«Tu, Matteo.»

«Matteo lo sa? Cosa ha detto?» mi chiedo Lorenzo stranamente interessato.

«Conosci nostro fratello.»

Lorenzo emette uno sbuffo prima di tornare al suo pranzo.

«Ha detto qualcosa di interessante, però. Ha detto che mamma si aspetta che lo porterò a cena.»

«Ah! Quella è una cena a cui verrei,» mi risponde divertito.

«Già. Te lo immagini?»

«Non c'è niente da immaginare. Ha ragione. La mamma ti chiederà di farlo,» dice con nonchalance.

«Lo credi?»

«Ne sono certo.»

«Huh,» dico pensando a questo. «Matteo ha detto qualcos'altro.»

«Oggi era pieno di pensieri interessanti.»

«Già. Ha detto che forse dovrei invitare Kuroi a cena con qualcuno della famiglia prima. Sai, per assicurarmi che niente vada storto.»

«Cosa potrebbe andare storto?» chiede Lorenzo con una risata.

«Esattamente. Quindi, tu cosa ne pensi?»

«Cosa? Con me? Mi piacerebbe. Mi darebbe anche l'opportunità di capire se è lui che ha cercato di ucciderti.»

«Non penso che stia cercando di uccidermi,» dico con nonchalance.

Lorenzo mi guarda divertito.

«Chi l'avrebbe mai detto, Dante Ricci, accecato da un bel viso? Ah, ah!»

Non rispondo. Prima di tutto, al mio lupo non piace che i miei fratelli pensino di poter commentare l'aspetto di mio marito in questo modo. Un po' di rispetto. Pazzo o no, è ancora mio marito. Devono arrivare a capirlo.

Secondo, non hanno torto. Sento svilupparmi un punto cieco per Kuroi. Se chiunque altro mi avesse fatto quello che aveva fatto lui gli avrei tolto la vita lì sul posto. Non lo avrei semplicemente strangolato, l'avrei gettato giù dal balcone.

C'è qualcosa di più della necessità di far funzionare le cose tra le nostre due famiglie che mi ha trattenuto dall'ucciderlo. Quest'uomo è un cavo scoperto che voglio toccare.

Protraggo le cose a lavoro più a lungo possibile e alla fine torno a casa. Guidando la mia auto a noleggio, sento il mio lupo che vuole uscire. Nulla di tutto ciò mi rappresenta. Non mi preoccupo di niente. Quindi, perché mi sento così ora?

Parcheggiando e dirigendomi verso l'atrio, mi ricordo di cosa devo affrontare dal sostituto di Franko.

«Buonasera, signor Ricci,» dice aprendomi l'ascensore.

«Buonasera.»

Quando la porta dell'ascensore si chiude dietro di me, sospiro forzatamente. Non riesco a respirare. Non mi sono mai sentito così. Cosa mi sta succedendo?

Sentendo il rumore della porta si apre, mi rendo conto che qualunque cosa stia provando è troppo. Ho bisogno di entrare nella mia stanza il più velocemente possibile e trovare un modo per gestire le cose.

Uscendo dall'ascensore, mi guardo istintivamente intorno.

«Ciao tesoro, sei tornato!» dice mio marito dalla cucina.

So che dovrei continuare, ma non posso. Kuroi indossa un vestito a scacchi degli anni '50 completo di perle, un grembiule, e porta una casseruola tra le mani.

«Cos'hai in faccia?» dico prima di potermi fermare.

«Cosa intendi?» mi chiede sorridendomi con il viso completamente bianco come uno di quegli interpreti di Kabuki.

Rido. Forse non è proprio una risata. Potrebbe essere più un ghigno di disappunto. In entrambi i casi, le mie gambe continuano a muoversi e io entro nella mia stanza.

Si potrebbe pensare che, così magro com'è, il mio nuovo marito non sia in grado di lanciare una casseruola, ma lo può fare e la sua mira è impeccabile.

Non solo riesce a colpirmi da una stanza all'altra. Ma il piatto mi colpisce nel punto esatto da potermi far cadere. E io mi ritrovo a terra prima di rendermene conto.

Sdraiato senza difese, mi aspetto di essere trasformato in un formaggio svizzero. Non questa volta. Questa volta, si sfila il grembiule dalla testa e lo avvolge intorno al mio collo. Devo dargli dei punti per la capacità di improvvisazione.

Intendo, qualcuno deve farlo. Io sono troppo occupato a cercare di restare in vita. Se non mi fossi alzato, sono sicuro che non ci sarei riuscito. Questa volta stava davvero cercando di uccidermi. Almeno non avrei dovuto ascoltare mio padre dire che me lo aveva detto o mia madre raccontare a Kuroi storie imbarazzanti sulla mia infanzia.

Stranamente, è il pensiero di Kuroi seduto nel mio salotto d'infanzia ad ascoltare storie su di me da mamma che mi impedisce di rinunciare. Penso che ci sia una parte di me che desidera proprio questo.

Prima d'ora, non avrei mai immaginato un marito veramente parte della mia vita. Ma è quello che voglio. L'ho sempre voluto. Non mi sono mai permesso di ammetterlo prima, ma è questa la vita per cui vale la pena combattere.

Con un nuovo obiettivo, cerco di raggiungere il laccio del grembiule. Tirandolo appena riesco a girarlo facendogli perdere l'equilibri. Con la stringa del grembiule che si allenta ancora di più, lo tiro verso di me, afferro il suo vestito e lo lancio sopra la mia testa.

Rotolando in avanti, lui non si ferma finché non è di nuovo in piedi. Ma ora è girato dall'altra parte. Questa è la mia occasione. Lottando per respirare, mi lancio verso di lui.

Quest'uomo non è un ragno, è un gatto. Girandosi mentre lo afferro, attendo a metà strada di sentire un coltello tagliare l'arteria nella mia gola.

Vivo per un altro secondo, lascio che gli istinti prendano il controllo. Immobilizzandolo, mi giro e gli spingo la spalla. Lo sorprendo. Mi basta per avvolgere le mie grandi mani attorno al suo cranio. Sapendo che è una questione di vita o di morte, lo sbatto contro il pavimento.

Lo stordisco. Rotolando su di lui, gli stringo le mani intorno al collo e stringo la presa. Potevo vedere la vita scivolare via da lui. Ha un viso così bello. Gli zigomi affilati, le sopracciglia prominenti, la carnagione marrone setosa. Cosa sto facendo?

Fermandomi nel vedere del sangue uscirgli dal naso, mi ritiro senza lasciarlo andare. Da dove stava sanguinando? Ora anche il mio istinto di proteggerlo è forte.

'Oh, merda, viene da me. Ed è proprio un bagno di sangue.'

Sembra che Kuroi non abbia bisogno di strangolarmi. Ha aperto una ferita abbastanza grande sulla mia testa che, in poco tempo, sarei morto dissanguato.

«Sei un folle compagnone,» dico lasciandolo andare e afferrandomi il cranio.

«Come l'hai capito?» dice tossendo.

«Cosa?» chiedo, incerto se mi stia corteggiando o mettendo in discussione il mio giudizio.

Senza togliergli gli occhi di dosso, mi alzo e applicando pressione alla mia testa aspetto l'ascensore. Quando arriva, entro battendo lentamente le palpebre, sotto il suo sguardo intenso e aspetto che le porte si chiudano.

Al sicuro, so cosa dovevo fare. Ho bisogno di aiuto oppure devo trasformarmi. Considerando quanto sangue sto perdendo non sarebbe facile trasformarmi, sto sanguinando molto e se il trasferimento non mi curasse completamente, sarei un lupo sanguinante senza un posto dove andare. Con ogni secondo che passa, mi sento sempre più debole. E restare qui non è un'opzione perché se il mio marito psicopatico decidesse di fare un secondo tentativo, non avrei potuto fare altro che morire.

«Sig. Ricci, va tutto bene?» mi chiede l'addetto alla portineria mentre passo velocemente.

«Sto bene.»

«Vuole che chiami qualcuno?»

«No!» ordino assicurandomi che veda il mio sguardo.

Funziona. Almeno spero. Guardando in basso, i miei vestiti cominciavano ad assomigliare a quelli di qualcuno uscito da un film horror. Devo andarmene da qui. Dovevo salire in macchina e dirigermi verso l'unico posto dove so che sarei stato al sicuro.

Avvicinandomi all'appartamento di Lorenzo, trovo un posto sul marciapiede per parcheggiare e spengo il motore. Non vi racconto storie. Probabilmente non ce la farò. vedo doppio durante il viaggio e per miracolo riesco a scegliere la macchina giusta da ignorare.

Tirando fuori il telefono trovo il nome di Lorenzo e lo chiamo.

«Cosa succede, Dante?» chiede Lorenzo un po' confuso.

«Sono giù. Porta il tuo kit. Qualcuno mi ha colpito per bene.»

«Scendo subito,» dice dimostrando di nuovo che è l'unica persona su cui posso contare.

Sentendo la mia vista oscillare, sembra che passino secoli prima di vedere mio fratello e la porta che si apre.

«Cazzo! Cosa è successo?» chiede toccandomi la testa invece di aspettare una risposta.

«Sono caduto,» mormoro.

«Giusto,» ridacchia. «E com'è la vita matrimoniale?»

«Meravigliosa,» rispondo prima che il pizzico di alcool invii onde d'urto attraverso il mio viso.

«Qualcuno ti ha davvero colpito bene,» conferma. «Ricordami di puntare alla testa la prossima volta che dovrò eliminare qualcuno. Sono sorpreso che tu sia persino riuscito ad arrivare qui.»

Dopo aver messo cinque punti, mi passa una bevanda sostitutiva del pasto e una cannuccia, chiude la portiera e sale sul sedile passeggero. Con mio sollievo, non mi fa alcuna domanda. Almeno, non fino a quando non ho bevuto metà della mia bevanda.

«Non penserai di tornare a casa, vero?»

«Perché no? Te l'ho detto, sono caduto.»

«Su cosa? Un pipistrello?»

«In realtà, era una casseruola. Il mio amorevole marito aveva appena preparato la cena per me.»

Lorenzo mi guarda non sapendo a cosa credere.

«Vuoi salire?» chiede non sapendo cos'altro dire.

«Potrei aver bisogno di un minuto prima di tornare a casa,» dico imbarazzato.

«Scendi,» dice prima di cambiare posto con me e guidare la mia auto nel parcheggio sotterraneo del suo edificio.

Dandomi un altro secondo prima di uscire dalla macchina, lo vedo messaggiare con qualcuno.

«Manterrai questa storia tra noi, vero?» dico n un modo che gli faccia capire che sono serio.

«Sei impazzito? Certo,» dice continuando a inviare messaggi.

Lascio perdere e alla fine riesco a vedere chiaramente per abbastanza tempo da uscire dalla macchina e dirigermi verso l'ascensore. Uscendo al suo piano, vedo un uomo avvicinarsi lungo il corridoio. Lorenzo dovrà gestire la situazione perché io non posso.

Sono quello coperto di sangue. Non sono in grado di minacciare nessuno.

Con mia sorpresa, Lorenzo non affronta la cosa. Non ce n'era bisogno. L'uomo non ci guarda. Ciò che rende la cosa ancora più strana è che anche Lorenzo non lo guarda. È come se avessi visto qualcuno che non c'è. Però c'era. Su questo non c'è dubbio.

«Vai a pulirti. Ti porto dei vestiti,» mi dice mentre entriamo nel suo appartamento.

Con un ricordo vago di quale sia la porta del bagno, entro e mi appoggio al lavabo. Guardando nello specchio, mi chiedo come posso essere ancora vivo. La mia faccia è quasi tutta coperta sangue. Sembra che ci abbia fatto il bagno.

Come diavolo mi sono cacciato in questo casino? Kuroi vuole davvero uccidermi? Non riesco a capire se stia facendo un lavoro terribilmente scarso o se stia giocando con me. E cosa significa «Come lo sai?» Come so che è un pazzo? Perché mi ha lanciato addosso una casseruola. Oppure, stava suggerendo qualcosa riguardo a quello che sarebbe successo se avessimo fatto sesso? Quanto incredibilmente fantastico poteva essere farlo con lui?

«Ho questi,» dice Lorenzo, riportandomi al presente.

Guardo la maglietta e i pantaloni della tuta nelle sue mani. Sta scherzando?

«È l'unica cosa che ho che potrebbe andarti bene.»

Probabilmente ha ragione. Non solo è più basso del mio metro e novantaquattro, ma non ha nemmeno la mia corporatura.

«Siediti. Lo faccio io,» insiste quando vede che mi aggrappavo al lavabo.

Mi raddrizzo lentamente e sbottono la camicia. Dato che impiego troppo tempo, lui mi tira giù la camicia dalle spalle.

«Che diavolo?» dice, vedendo il lavoro di cucitura che jo fatto sul ricordo d'amore di Kuroi della notte prima.

Distolgo lo sguardo imbarazzato e lui non dice altro a riguardo. Mi spinge invece verso il water e mi fa sedere sul coperchio chiuso.

Farmi pulire da Lorenzo è normale. Siamo cresciuti in cinque fratelli, ma sono sempre stato più legato a lui poi Matteo, Giovanni e Marco. Giovanni e Marco sono troppo giovani per sapere la differenza, ma Matteo se ne approfitta. Di solito mi tendevano imboscate e Matteo mi colpiva alla testa con uno dei giocattoli dei più piccoli.

Solo perché era fatto per i bambini non significava che non potesse far sanguinare. Quando non ero svenuto, Matteo ne pagava ovviamente le conseguenze. Ma quando sanguinavo, come stasera, era nell'interesse di tutti che fossi curato il più velocemente possibile.

Anche in quel caso intervenne Lorenzo. Lorenzo cucì la sua prima sutura a farfalla quando aveva dieci anni. Lo consideravamo tutti territorio neutrale. Ciò gli permise di diventare bravo in questo. Perché se Matteo faceva sanguinare qualcuno, era solo questione di tempo prima che fossi io a zopparlo per un mese. È incredibile come quel ragazzo non impari mai la lezione. Ha una testa dura ancora oggi.

Questo, naturalmente, era prima che uno di noi potesse trasformarsi. Da quando sono usciti i nostri lupi, possiamo guarire la maggior parte delle nostre ferite con la trasformazione. Solo in rari casi questa non è sufficiente. E quando la trasformazione non bastava, Lorenzo di prendeva cura di noi in modo da non farci scoprire da papà. «Ho del cibo cinese se hai ancora fame,» mi dice una volta finito.

«Potrei mangiare,» gli dico sapendo di non essere ancora abbastanza forte per trasformarmi.

Mi cambio con i vestiti di Lorenzo e lo raggiungo al tavolo.

«Ho interrotto qualcosa?» chiedo notando quanto siano ordinate le cose sul tavolo.

«Cosa puoi aver interrotto?»

Fisso questo mio fratello dal cuore nero rendendomi conto che non avrebbe ceduto. Così invece mi unisco a lui al tavolo e inizio a mangiare. Il cibo è proprio quello di cui avevo bisogno. Mangio fino a non riuscire più a muovermi.

«Puoi restare nella stanza degli ospiti.»

«Non ho bisogno di restare nella tua stanza degli ospiti,» dico arrabbiato alla sua proposta. Cosa pensa, che non posso prendermi cura di me stesso?

«Dante,» dice guardandomi con simpatia, «so perché l'hai fatto. Ed è encomiabile. Stai facendo per Matteo più di quanto farei io. Ma l'uomo che hai sposato sta cercando di ucciderti.»

«Non è vero.»

«Sei sposato con lui da tre giorni e sei stato cucito altrettante volte.»

«Sono stato in ospedale per l'incidente d'auto.»

«Cinque minuti dopo esserti sposato con l'uomo noto come il demone ragno perché chiunque stia con lui muore per infarto. Non riesco a ricordare, cosa ti ha fatto finire contro quell'albero?»

Lorenzo sta facendo l'idiota al riguardo, ma non ha torto. A meno che non sia stato un attacco di panico a farmi colpire quell'albero, devo accettare che abbia a che fare con il bacio di Kuroi. Ecco perché ha parlato di tre volte.

Ma se Kuroi sta cercando di uccidermi, perché non l'ha fatto subito, la prima notte? Aveva un coltello. Sapeva dove puntarlo. Perché non aveva provato a entrare nella mia stanza quando avrei dovuto dormire e finirmi?

Anche stasera. Chi prepara la cena e cerca di uccidere qualcuno con la teglia? Deve esserci qualcosa di più di ciò che sta accadendo rispetto al pensiero che sia un maniaco con un impeccabile senso della moda.

A proposito, perché era vestito in quel modo quando sono tornato a casa? Non ho mai avuto un feticcio. Ma quell'uomo mi sta decisamente stuzzicando. Se mai la smettesse di cercare di uccidermi, potrei fare cose incredibilmente sporche con lui.

«Mi hai sentito, Dante? Non puoi tornare a casa. Ho bisogno di più tempo prima di prendere il controllo degli affari di famiglia. Quindi, ho bisogno di te vivo un po' più a lungo.»

I miei occhi si fissano su di lui rivolgendogli uno sguardo di morte. Non sta scherzando. Inoltre, non si rimangia ciò che ha detto.

Posso rispettarlo. Lorenzo sa cosa vuole e non cercava di nasconderlo. Vuole il mio lavoro ma non è disposto a uccidermi per questo. Dovrebbe avere quel tipo di ambizione. Potrei lavorarci anch'io.

Lui non ha ciò che è necessario per guidare un branco. Né lui, né Matteo. Unendosi potrebbero diventare una forza pericolosa. Ma guidare un branco è qualcosa in più che ringhiare quando qualcuno minaccia il tuo dominio, richiede di fare entrare le persone. Potrebbero farti incazzare, come Matteo fa incazzare me. Ma è necessario. Lorenzo non potrebbe farlo.

E ciò di cui Matteo avrebbe bisogno è un po'
della lungimiranza di Lorenzo. Diavolo, Matteo ha
semplicemente bisogno di non agire su ogni pensiero
casuale che gli passa per la testa. Neanche nostro padre
gestisce il branco in quel modo e a malapena
sopravvivevamo a questo.

«Sei mio fratello. Non costringermi a metterti
sottoterra,» lo avverto

«Pensi di potercela fare se ci provassi?» mi
chiede con un sorriso.

Cosa intende dire con questo? Certo che posso.
Che abbia maggiore abilità nel costruire alleanze di
quanto io non immagini?

«Non costringermi a provarci,» dico guardandolo
negli occhi.

«Puoi dormire nella stanza degli ospiti,» risponde
lasciando il tavolo e dirigendosi nella sua stanza.

Dovevo stare attento a Lorenzo. È l'ultima
persona dalla quale mi aspetterei un tradimento. Ma ciò
lo rende ancora più pericoloso.

Restando seduto ancora un po', alla fine accetto
l'offerta di Lorenzo e mi ritiro nella sua stanza degli
ospiti. Nonostante la sfida aperta di Lorenzo, dormo bene
questa notte. Non ho dormito per niente la notte
precedente, quindi ne avevo bisogno. E quando mi sono
svegliato, mi sono trasformato e mi sono sentito come
nuovo. Tornato a casa mia, poco dopo l'alba, trovo Kuroi
che dorme nel mio letto.

Dorme pacificamente sotto le mie lenzuola. Non posso fare a meno di apprezzarlo. Allo stesso tempo, perché non ha dormito nella stanza degli ospiti?

Quanto sarebbe stato meraviglioso se fossi in quel letto con lui? Starebbe così bene tra le mie braccia. Potrei abbracciarlo e proteggerlo dal mondo, se me lo permettesse. Ma forse sto pensando a tutto questo nel modo sbagliato.

Non sono mai stato in questa posizione prima d'ora. Ci sono stati ragazzi nel mio letto, ma nessuno di loro era stato autorizzato a restare per la notte. Kuroi sembra fatto apposta per stare lì. Ma forse sto proiettando ciò che desidero su un uomo che aspetta soltanto di uccidermi.

Chiudendo gli occhi e scrollando via quel pensiero dalla mia testa, mi dirigo verso il bagno e inizio la giornata. Mentre mi lavo sotto la doccia, tutto mi fa male. Forse Kuroi è davvero un demone ragno. Si sa che gli attacchi soprannaturali sono persistenti. Esco dalla doccia e mi vesto, la porta aperta del bagno attira la mia attenzione. Guardo oltre il mio guardaroba e i nostri occhi si incontrarono. Kuroi indossa solo dei boxer attillati. Per la prima volta lo vedo veramente. Niente abiti folli o trucco. Solo lui. Tutto di lui. Il mio lupo apprezza quello che vede. «Lascia che ti aiuti,» dice con voce pacata, dirigendosi verso di me.

Valuto rapidamente le armi che potrebbe usare tra dove si trovava lui e dove mi trovo io, nonché la posizione della mia pistola. Ma non ce n'è bisogno. L'unica cosa che cerca è la mia camicia. Sentendo il suo calore avvolgermi, posso sentire il suo profumo leggero mentre tira la camicia sopra le mie spalle.

Fatto quello, mi abbottona la camicia. Non riesco a capire se abbia visto che le mie ferite sono scomparse. Se anche l'ha fatto, non reagisce. Semplicemente infila la mia camicia nei pantaloni e cerca una giacca nel mio armadio. Subito la recupera e me la porge.

«Non ne ho bisogno,» gli dico, dato che non porto mai la giacca in ufficio.

«Ti starebbe bene,» dice, scuotendo la giacca davanti a me.

Non posso rifiutargli nulla. Fissando i suoi occhi ipnotici, tutto ciò che posso fare è dargli ciò che vuole.

Prendo la giacca e infilo il braccio in una manica. Ancora incapace di tirarla oltre le spalle mi girò di fronte allo specchio a figura intera. Stando dietro di me, mi lui vede la mia immagine riflessa. Gli piace ciò che vede, e sorride.

«Va meglio?»

«Sì, meglio,» risposi riferendomi a tutto ciò che stava accadendo.

«Vorresti che ti preparassi la colazione?»

«Fai colazione tu?» gli chiedo sorpreso.

«Ho un telefono,» scherza

Rido, ma solo brevemente. Non ho dimenticato come ha reagito l'ultima volta che ho riso di lui.

Ricordandomene, mi allontanai dalle sue mani e mi dirigo verso la porta.

«Devo andare,» dico frettoloso, uscendo.

«Ci vediamo stasera?» chiede appoggiandosi alla porta della camera da letto.

Io sussulto.

Cosa significa? Certo, è gentile stamattina, ma non lo è stato anche la mattina precedente? Quale ferita dovrò guarire trasformandomi stasera?

È ridicolo. I suoi sbalzi d'umore sono fuori controllo. Sì, probabilmente non ho reagito nel modo migliore quando l'ho visto la scorsa notte. Ma la sua reazione è stata certamente eccessiva. Se fosse qualcun altro, sarebbe morto a quest'ora.

Il problema è che non è nessun altro. È Kuroi Sato, mio marito. Questo solo fatto significa che non ho le stesse opzioni. Sono indifeso contro di lui. E se prenderò il controllo della situazione prima che lui lo realizzi, sarò nei guai.

Salendo nella mia auto, compongo il numero dell'unica persona di cui mi fido.

«Lorenzo, incontriamoci nel mio ufficio tra un'ora.»

«Sarò lì,» acconsente, quasi come se sapesse di cosa si tratta.

Mentre guardo la città dalla finestra del mio ufficio, Lorenzo entra tutto indaffarato.

«Hai ragione. Ho un problema a casa e ho bisogno del tuo aiuto,» ammetto, con fatica.

«Vuoi che me ne occupi io?»

Solo sentirlo dire mi fa andare su tutte le furie.

«Non dire mai più una cosa del genere.»

Lorenzo non tentenna, anzi inclina la testa come un cucciolo curioso.

«Allora perché mi hai chiesto di venire qui?»

«Ho bisogno del tuo cervello. Ho bisogno di un modo per risolvere questo problema.»

«Quindi vuoi che gli faccia fare le cose più lentamente?»

«Te l'ho detto. Non penso che stia cercando di uccidermi.»

Ride.

«Parlo sul serio.»

Frustrato, risponde, «L'hai baciato e poi hai guidato immediatamente la tua auto contro un albero. Dammi una spiegazione a questo.»

Penso a quello che la dottoressa aveva detto su una possibile attacco di panico.

«Ho sentito qualcosa sul collo.»

«Cosa?»

«Sì. Subito prima di svenire.»

«Cosa hai sentito?»

«Sembrava che qualcuno mi avesse sparato ma,» tocco il punto lasciando che lo veda, «nessuna ferita.»

«Cosa sembra un colpo di pistola ma non lascia ferite?» Lorenzo ci pensa su seriamente. «Ti hanno mai colpito con un Taser?»

«No. Che sensazione lascia?» chiedo intrigato.

«Come se ti avessero sparato.»

«Ma stavo guidando quando l'ho sentito.»

«Quanto andavi veloce?»

«Hai visto il disastro. Abbastanza veloce.»

La testa di Lorenzo ondeggia considerandolo.

«Ci sono altre cose.»

«Come cosa?»

«Come quello che si usa per abbattere un orso.»

«Tipo un fucile a salve?»

«Forse. Ma servirebbe un colpo incredibile, però.»

«Chi conosciamo che potrebbe fare un colpo del genere?»

Non appena lo chiedo, Lorenzo e io pensiamo alla stessa persona. Posso dirlo dal modo in cui mi guarda. Matteo agisce spesso d'impulso. Ma dagli un fucile da cecchino e ciò che è nel mirino è l'unica cosa che esiste. Attraverso una finestra aperta, a una velocità di 60 km/h, l'unico capace di un colpo del genere è mio fratello.

«Possiamo scoprirlo più tardi,» dico non volendo dire ciò che stavamo pensando.

«Sì,» concorda Lorenzo.

«Allora, se Kuroi non sta cercando di uccidermi, come faccio a impedirgli di farmi fuori?»

«Bisogna raccogliere informazioni, valutare la situazione e sviluppare un piano,» suggerisce.

«Giusto. Chi può avere informazioni su Kuroi? Tutti quelli che lo hanno conosciuto bene sono morti.»

«Non tutti,» suggerisce Lorenzo, dicendomi cosa devo fare.

Tenere sotto controllo Yuki Sato non è una cosa che la nostra famiglia ha fatto spesso. Sappiamo qualcosa di lei. Abbiamo un'idea generale di come passa la giornata. Ma considerato che non è l'erede designata di Sato, per noi non è una priorità.

Detto questo, sappiamo dove trovarla ogni giorno, se necessario. E ora lo è. Essendo giovedì, è molto probabile che sia al mercato dei fiori. Questo facilita le cose. Perché noi due dobbiamo avere una conversazione su suo fratello, e io so come trovarla.

Seduto in un caffè dall'altra parte della strada rispetto al suo stand di fiori preferito, tengo su un giornale e osservo. Le mie informazioni mi dicono che compra camelie in inverno e gigli in estate. È ancora stagione di gigli e li prenderà bianchi.

Come un orologio, appare. Anche senza il tradizionale abito che indossa agli eventi sociali, è difficile non notarla. Perfettamente composta in un abito estivo senza maniche, un portamento elegante che una volta immaginavo avrebbe portato onore al branco Ricci.

Invece, mi ritrovo con Kuroi. Certo, è dannatamente attraente. Ma è più probabile che ci porti in guerra di quanto non faccia Matteo.

Piegando rapidamente il giornale e attraversando la strada, mi avvicino a Yuki.

«Yuki, posso parlarti un momento.»

Invece di essere stupita, Yuki non solleva nemmeno lo sguardo.

«Signor Ricci, è un piacere vederti.»

«Anche per me. Ascolta, mi chiedevo se posso parlarti di Kuroi.»

A queste parole lei si gira e mi fissa.

«Credo sia inappropriato coinvolgermi nel matrimonio di mio fratello.»

«Giusto. Certo. Appropriato. Sì, fregatene. Ho bisogno del tuo aiuto o io o tuo fratello finiremo morti. E puoi essere certa che se mi succedesse qualcosa, accadrà lo stesso a tutti i membri della tua famiglia.»

«Quindi, quello che mi stai dicendo è che non ho scelta se non parlare con te?» chiede con calma.

«Quello che sto dicendo è che dobbiamo parlare.»

Yuki torna al suo shopping.

«Forse il mio stimato cognato vorrebbe unirsi a me per un tè una volta terminato lo shopping.»

Non mi piace essere riorganizzato.

«Dove?»

«C'è una sala da tè a due isolati da qui. Conosci la zona?»

So a che posto si riferisce. È dove va sempre dopo aver comprato gigli bianchi.

«So dov'è il posto di cui stai parlando.»

«Allora ci vedremo lì,» dice congedandomi e continuando con i suoi affari.

Devo ammettere, il nostro incontro non è andato come previsto. Tutto ciò che sapevo personalmente di lei mi aveva fatto pensare che avrebbe chinato il capo e distolto lo sguardo per tutto il tempo. Ha più spina dorsale di quanto immaginassi.

Lasciandola fare le sue cose, mi dirigo alla sala da tè e cerco un tavolo. Non si affretta a raggiungermi. Impiega 45 minuti per arrivare e a quel punto, e io sono leggermente irritato. C'era un limite di tempo in cui posso restare fermo prima che i miei punti inizino a prudere.

«Signor Ricci,» dice con un umile inchino.

Tutto in lei è educato. Tutto tranne le sue azioni.

«Sei mia cognata, ora. Puoi chiamarmi Dante.»

«Molto bene, Dante.»

Rimane in piedi finché non mi alzo e non le tiro fuori la sedia. Poi si siede tranquillamente, fissandomi, finché non chiamo il cameriere e le permetto di ordinare. Non è come me l'aspettavo.

«Allora, tuo fratello, qual è il suo problema?»

«Devi essere più specifico,» dice mantenendo occhi fissi su di me.

«Tuo padre lo ha mandato a uccidermi, o cosa?»

«Questa è una cosa di cui dovrai parlare con Kuroi o con mio padre.»

«Giusto,» dico non sapendo cos'altro chiederle. «Ok, ascolta. Conosci tuo fratello.»

«Lo conosco.»

«E conosci la sua reputazione.»

«Non so a quale reputazione ti riferisci.»

«Parlo del demone ragno.»

Yuki si muove a disagio.

«Sai, quella per cui tutti i suoi amanti finiscono morti.»

Mi fissa senza rispondere.

«In ogni caso, sai a cosa mi riferisco. Ma potresti anche sapere che qualunque cosa lui abbia fatto in passato, con me non funzionerà.»

«Se è così, allora perché sei qui?»

Fisso il suo sguardo fermo e rilascio la mia rabbia crescente con una risata.

«Guarda, nonostante sia, come posso dirlo? Sorpreso dal nostro matrimonio, voglio farlo funzionare. Almeno, non voglio doverlo uccidere e non voglio svegliarmi nel cuore della notte con un coltello in gola.»

«Oppure non svegliarti affatto,» aggiunge.

«Giusto. Allora, tutto quello che puoi dirmi su come gestirlo o qual è il suo problema, te ne sarei grato.»

Yuki non dice nient'altro per un po'. Conosco questa tecnica di negoziazione. Chi parla per primo, perde. E questa pressione potrebbe toccare anche me.

«Conosci l'epoca Edo in Giappone, signor Ricci?»

Rido. «No, potrei aver saltato quel giorno della lezione di storia. E chiamami Dante.»

«Bene, Dante. L'epoca Edo è stata resa popolare dalla passione americana per i samurai.»

«Oh, ok. Sì. Quella è l'epoca con i samurai e i ninja e cose del genere. E allora?»

«I samurai erano tenuti a mantenere il loro onore sopra ogni cosa. E visitare un bordello era considerato al di sotto di loro. Tuttavia, ciò che era considerato un simbolo di prestigio era prendere un kagema.»

«Cos'è un kagema?»

«Un kagema è un ragazzo che non ha ancora perso la bellezza della gioventù. Con questo ragazzo, un samurai sviluppava un rapporto di mentore / apprendista.»

«Ok,» chiedo non capendo dove stia andando a parare. «E questo che c'entra con Kuroi?»

«Nostro padre designò Kuroi come un simile kagema.»

Mi chino cercando di capire cosa stia dicendo Yuki.

«Sato ha fatto diventare Kuroi uno di questi, come li chiami?»

«Kagema.»

«E cosa implica l'essere un kagema?»

Solo ora gli occhi di Yuki mandano un bagliore.

«Ehi! Il tuo dannato padre ha fatto diventare suo figlio una sorta di prostituto?»

«Non è quello che è per te? Non lo sarei stata io stessa se Kuroi non avesse avuto l'onore della tua mano in matrimonio?»

Mi blocco. «È tutta un'altra storia. Che sia stato o meno un inganno, siamo sposati. Non è alcuna sorta di situazione mentore / apprendista.»

Yuki prende un sorso del suo tè.

«Una rosa con un altro nome.»

«Ok, quel genere di cose non funziona qui. Se Kuroi non vuole stare con me, può prendere le sue cose e andarsene. Niente gli impedisce di farlo.»

«Eppure, resta,» sottolinea.

«Giusto. Rimane.» Ascoltando le mie parole, ci rifletto.

Perché resta? Chi sono per lui? Ho sentito quello che Yuki ha spiegato, ma questo kagema non può essere ciò che pensavo che fosse. Nemmeno Sato avrebbe fatto una cosa del genere a suo figlio. Yuki deve aver capito male. Chiaramente ha delle idee sballate sul matrimonio.

Però, cosa direbbe di Kuroi se fosse vero?

No, non ci voglio credere. Yuki non sa di cosa stava parlando. Devo solo concentrarmi su ciò per cui sono venuto qui.

«Come faccio a far sì che Kuroi non mi uccida?» chiedo brutalmente.

Yuki prende altri sorsi permettendo al silenzio di protrarsi. Sto iniziando a credere che abbia finito di parlare quando continua.

«Kuroi ha sempre risposto a una mano ferma.»

«Una mano ferma?»

«Kuroi deve sapere qual è il suo posto.»

«Il suo posto?»

«Mi no hodo wo shiru. Sai cosa significa?»

«Come diamine potrei saperlo?»

«Significa che conoscere il tuo posto è conoscere te stesso. Kuroi non conosce ancora il suo posto in questo mondo. Forse con una mano forte, come la tua, lo farà.»

Che cavolo significa? Una mano ferma come la mia? Se si riferisce a ciò a cui penso, può essere una delle cose più sconvolgenti che abbia mai sentito.

Se non fosse stato per lo sguardo negli occhi di Kuroi quando avevo le mani intorno al suo collo, avrei scartato l'idea senza pensarci. Gli era piaciuto mentre stringevo più forte? Poteva avere ragione? Era quello che Kuroi cercava?

Non sarebbe stata l'idea più folle considerando che i suoi tocchi d'amore richiedono punti di sutura. Ma cosa significa esattamente «una mano ferma»?

Conoscere il tuo posto è conoscere te stesso. Una frase giapponese. Allo stesso tempo, è anche la vita in una famiglia come la mia. Funzioniamo solo come un'unità efficiente quando tutti conosciamo e accettiamo i nostri ruoli.

Sono stato così distratto dal fatto che Kuroi sia un uomo al punto da trascurare il mio dovere come capo della nostra nuova famiglia? Ho fallito nell'imporre le regole che gli avrebbero fatto capire chi è per me? È stato perché non lo sapevo?

Non è stata una mia scelta sposare Kuroi. Non mi sono mai immaginato con un marito. Ma ora ne ho uno, ed è il ragazzo più sexy del pianeta. Allora, cos'è Kuroi per me? È mio.

Se qualcuno pensasse di poterlo avere, o anche solo guardarlo male, gli staccherei la testa. Se lo toccassero, il mio lupo lo azzannerebbe alla gola. Non solo è sotto la protezione del branco ma è anche sotto la mia protezione da ora fino al giorno in cui morirò. E se qualcuno fallisse nel riconoscerlo, incluso Kuroi, se ne dovrà rendere conto a proprie spese.

Yuki non dice altro per il resto del nostro tempo che passiamo insieme. Quando ha finito il suo tè, si alza semplicemente, fa un inchino e se ne va. Sono io quello che rimane incerto su cosa fare dopo.

So quello che voglio fare. Voglio correre a casa, afferrare il mio attraente marito e fare l'amore con lui fino a esaurirci. Ma non siamo ancora a quel punto. Potremmo non esserci mai. Ma dove siamo è una cosa che compete me. Stasera, qualcosa cambierà.

Capitolo 7

Kuroi

Bene, non ha funzionato. Pensavo che sarei potuto diventare la moglie perfetta, la perfetta donna giapponese. Pensavo di poter diventare mia sorella. E tutto ciò che continuo a fare è pulire il sangue di mio marito dal pavimento.

Oh, bene. Suppongo che alcune persone non siano fatte per la vita matrimoniale. Immagino significhi che morirò da solo. Chi lo avrebbe previsto? Immagino, tutti. Odio quando la gente ha ragione su di me!

Allora, cosa è andato storto? Tante cose, ma iniziamo dall'inizio. Quando lui è tornato a casa per la prima volta e mi ha trovato qui, mi guardato in modo strano e io l'ho accoltellato. Ragionevole.

Poi, dopo essermi sfinito davanti allo specchio per prepararmi, avevo la cena pronta per lui, quando è tornato a casa mi ha riso in faccia. In quel caso, stava proprio chiedendo di morire, non è vero? Se ci sono una falena e una fiamma, cosa posso farci?

Allo stesso tempo, non posso fare a meno di pensare che potrei avere una qualche responsabilità in quello che è successo, in qualche modo. Suona assurdo considerando lo sforzo che ho fatto. Veramente, oltre ogni limite. Eppure, tutti quelli per cui ho provato qualcosa sono morti. A un certo punto una persona deve chiedersi: Sono io?

Per quanto impossibile possa sembrare, forse lo è. Certamente non ho mai fatto nulla di sbagliato. Se mai è successo qualcosa di strano con un amante, si è trattato una falena davanti a una fiamma, proprio come con Dante. Eppure, non posso fare a meno di pensare che potrei aver avuto un ruolo in qualche modo.

Non importa, ciò che è passato è passato. Acqua passata. Tutto ciò di cui devo preoccuparmi ora è cosa cucinerò per mio marito stasera. Non detto cosa ne pensava del pasticcio. Forse era troppo Midwest Americano per lui. Dante è italiano. Magari stasera preparo gli spaghetti.

Frugando nel mio baule, che è rimasto dov'era, in soggiorno, trovo l'abito perfetto. Molto anni '50, campagna italiana. Sarebbe servito il trucco perfetto per avere un certo effetto. Le sopracciglia sopra il viso bianco devono gridare portobello.

Dopo aver passato la maggior parte della giornata a progettare il mio abito, trascorro un'altra ora a immergermi nell'idromassaggio della stanza padronale. Tutto lo stress del giorno si scioglie. Rinfrescato, mi avvicino al tavolino del trucco che avevo allestito nel bagno degli ospiti e mi metto al lavoro. Quando finisco mi chiedo dove sia andata a finire la giornata. Ho appena il tempo di ordinare il cibo prima che Dante torni a casa.

Ieri sera mi ha tenuto in attesa tutta la notte. Forse questo mi ha aiutato a ispirare la mia reazione perfettamente ragionevole. Nessun messaggio o telefonata per dire «Tesoro, farò tardi». Quanto tempo si aspettava che restassi lì? Porto i tacchi.

Ma, non è questo che fanno le mogli, non è vero? Aspettare con devozione i loro mariti? Io ho fatto la mia parte. Mi aspettavo che lui facesse la sua.

Una volta consegnato il cibo, trovo la ciotola per gli spaghetti di mio marito e mi servo. Apparecchio la tavola e attendo che arrivino le se, poi mi metto le scarpe. Per adattarmi allo stile rustico, scelgo dei sandali bassi. Non sono lusinghieri per i miei piedi un po' maschili. Ma se non gli piacciono dovrà solo distogliere lo sguardo.

Prendendo la mia posizione sul bordo del bancone all'interno del piano aperto, potrò avere una visuale chiara dell'ascensore. Quando l'ascensore suonerà, prenderò la ciotola e lo spettacolo inizierà.

Con mia sorpresa, non devo aspettare a lungo. Dopo cinque minuti che sono lì in piedi, lo sento. Mio marito è tornato a casa. Afferrando la ciotola e presentandola di fronte a me, sorrido.

C'era qualcosa di diverso in Dante quando entra questa volta. I suoi occhi sono d'acciaio. Vagano per la stanza cercando me. Quando mi trova, si avvicina come un leone in agguato. Quasi mi bagno gli slip.

Fermo da vanti a me, giudica ciò che vede. Il mio trucco è perfetto. Non c'è un filo fuori posto. Non c'è niente di sbagliato.

«No,» proclama con autorità.

«Scusa?» chiedo confuso da quella parola.

«Ho detto no.»

Non so come rispondere. Non so cosa stia succedendo. Sta cercando di dirmi cosa fare?

«Vai in bagno e lavati la faccia,» ordina.

Cosa? È impazzito lui adesso? Ho passato tutto il giorno sul mio viso. Stavo decidendo cosa usare per ferirlo quando lo ripete.

«Ho detto, vai in bagno e lavati la faccia,» questa volta ponendo enfasi su ogni parola.

«No,» replico, incerto su cosa avremmo fatto entrambi dopo.

Dante inclina la testa sorpreso. È chiaramente un uomo abituato a ottenere ciò che vuole. Ma dovrà imparare che io non sono uno dei suoi sudditi. Più di questo, sta rovinando il nostro momento.

Ignorando tutto ciò, cammina lentamente davanti a me, i suoi occhi non mi lasciano mai. Se non lo conoscessi, penserei che stia decidendo se mangiarmi o meno.

«Ti ho lasciato fare le tue follie da quando sei
qui…»

«Mi hai lasciato…?»

«Sto parlando!» mi interrompe.

Mi fermo, mi hanno già parlato prima in quel
modo, ma in un contesto completamente diverso.
Quando è chiaro che non lo interromperò di nuovo,
continua.

«Ti ho lasciato fare le tue follie da quando sei
qui, ma non più. D'ora in poi, farai quello che ti dico di
fare, e niente di più. Mi capisci?»

Sono… confuso. Ascoltando la sua voce,
un'ondata di calore mi pervade. Un brivido.

«E, se non lo faccio?» lo sfido.

Mi fissa senza battere ciglio.

«Allora sarai punito.»

Il mio respiro si ferma. Il mio cuore accelera.

«Mi piacerebbe vedere se ci riesci.»

Dante fa un passo indietro reprimendo la rabbia.
La paura e l'eccitazione lottano dentro di me. Irrigidendo
la schiena, si avvicina a pochi centimetri da me e dalla
ciotola di spaghetti. Posso sentire il suo calore, è
inebriante.

«Kuroi,» inizia con una voce bassa e cupa, «vai
in bagno e lavati la faccia.»

Tremo, a malapena capace di contenermi. Devo
aprire la bocca per respirare. Afferrando la ciotola

preparandomi a difendermi, inspiro profondamente e sussurro «No.»

Non risponde, ma la sua rabbia pulsa. Quando si muove, mi rendo conto che non mi ero preparato al suo colpo. Sobbalzo in attesa dell'impatto che non arriva mai. Si dirige invece verso la cucina girandomi le spalle.

Lo osservo prendere un cucchiaio di legno dal cassetto degli utensili e fece uscire la sedia a capotavola nel tavolo da pranzo. Si siede e mi fissa negli occhi.

«Vieni qui.»

Apro la bocca per protestare. Mi interrompe.

«Ora!»

Cosa posso fare? Lo sento. Dovevo andare da lui. Quindi, posando la ciotola sul bancone, mi avvicino. In piedi ai suoi piedi, tremo come uno scolaretto.

«In ginocchio. Mettiti sulle mie ginocchia»

Oh mio Dio. Il mio cuore batte. La mia testa gira. Lotta per resistere ma non posso. Abbassandomi sulle ginocchia, mi piego con lo stomaco sulle sue gambe.

Quando arriva il primo colpo, la mia pelle è elettrica. Il mio corpo formicola. Dopo che l'ondata di shock si diffonde attraverso di me, un pizzicore si diffonde sul mio sedere tanto da farmi mancare il respiro.

Il secondo più intenso. Il terzo mi fa gemere.

«Ah!» gemo, sapendo che non si è trattenuto. Il suo potere mi ha fatto indebolire le ginocchia. Quando poi mi dice di alzarmi, non sono sicuro di poterlo fare.

Deglutendo mentre il calore si diffonde intorno al mio collo, sobbalzo mentre il pizzicore dei suoi colpi si diffonde. Lottando fino ai miei piedi, tutto ciò che posso fare è guardarlo. La sua rabbia è sparita, ma non si riflette sul suo viso.

«Ora, vai in bagno e lavati la faccia. Quando hai finito, ci sediamo e gustiamo il pasto che hai preparato.»

Senza dire una parola, faccio come mi ha comandato. Non vorrei lavare via le ore di lavoro che avevo fatto, ma sono costretto a fare ciò che dice. È come se avesse un potere su di me.

Ho già sentito dire che i lupi alfa hanno una voce alla quale il branco non può disobbedire. È questo il motivo per cui sto facendo quello che mi ordina? Perché è il mio alfa? Ma io non sono un lupo. Può avermi fatto diventare parte del suo branco?

Guardandomi nello specchio del trucco, prendo un respiro e un asciugamano. Rimuovo lentamente gli strati, ciò che veniva rivelato sotto era bruciato e brutto. Distolgo lo sguardo. Ho fatto quello che mi ha ordinato. Tutto ciò che resta è tornare da lui.

Ricordando la forza nella sua voce, prendo un altro respiro e faccio come mi è stato detto. Uscendo dal bagno, entro nel soggiorno. Incapace di alzare lo sguardo, mi avvicino al tavolo da pranzo e lo trovo seduto. Recuperando la ciotola di spaghetti, la poso sul tavolo e mi siedo accanto a lui.

Ancora incapace di incontrare i suoi occhi, rimango in ascolto mentre si serve. Quando ha finito, so che è il mio turno ma non riesco a muovermi. Non riesco a guardarlo. Non riesco ad alzarmi. Tutto ciò che riesco a fare è restare lì seduto timidamente. Non sono io. Eppure, ecco dove mi trovo.

«Kuroi,» dice Dante attirando la mia attenzione.

Mi volto verso di lui senza incontrare il suo sguardo.

«Guardami,» dice dolcemente. Quando non lo faccio, ripeté con autorità. «Guardami!»

Lo guardo. I suoi occhi sono diversi. Più dolci, forse. Forse gentili.

«Non voglio che pensi che il tuo trucco e i tuoi abiti non mi piacciano. Credimi, mi piacciono. Sei bellissimo.»

«Non lo sono,» ammetto, non potendo più sostenere il suo sguardo.

Appoggiandosi attraverso il tavolo prende il mio mento tra le sue dita. Il suo tocco mi fa rabbrividire di piacere. Sollevandomi il mento, mi stabilizzai nei suoi occhi.

«Ho detto, credimi. Lo sei.»

«Allora, perché?»

Dante lascia andare il mio mento e questa volta è lui a distogliere lo sguardo. Con gli occhi nel piatto, passa un momento prima che si rivolga di nuovo a me in modo vulnerabile.

«Perché siamo sposati da tre giorni e conosco a malapena l'aspetto di mio marito. Mi piacerebbe conoscerlo.»

«Rimarrai deluso,» ammetto.

«Lascia che sia io a giudicare. Puoi farlo?»

Non rispondo. Lui lo prende come un assenso

«Bene. E così sai, finora, mi piace quello che vedo,» dice con un sorriso.

Sorride. Mio marito mi sorride. Perché? Cosa significa? Tutto ciò che so è che mi piace. Non dovrei, considerando che è chiaramente un pessimo giudice del carattere. Ma è… dolce.

«Ora,» dice Dante rilassandosi, «ti unirai a me per questo eccellente pasto che hai preparato.»

Sto pensando di dirgli che l'ho ordinato, ma perché rovinare il momento? Servendomi un po' sul piatto, mi immergo rendendomi conto di non aver pensato fino in fondo. Odio gli spaghetti. Li ho sempre odiati. Così, seduto lì a mangiarli, considero se essere forzato a mangiare qualcosa che non mi piace sia anche colpa mia.

Il nostro pasto continua in silenzio e termina altrettanto silenziosamente. Pulendo la tavola come una dea domestica, torno al mio posto sapendo che la nostra prima vera conversazione non è finita.

«I tuoi effetti sono ancora nel soggiorno,» dice infine fissando i miei bauli.

«Non sapevo dove metterli,» ammetto sentendo il morso della vergogna.

«Capisco,» risponde riflettendo per un momento. «Puoi trasferirti nella stanza degli ospiti. Puoi metterti comodo e considerarla tua.»

«No,» dico, senza un secondo di esitazione.

«No?»

«No,» ripeto come fosse ovvio.

«Perché no?»

«Perché sono tuo marito. Come tuo marito, condividerò il tuo letto.»

«No!» risponde lui bruscamente. È abbastanza duro da farmi pensare che sarebbe iniziata un'altra lite. Ma invece, i suoi occhi si abbassano. «Guarda, devi capire che tutto questo è nuovo per me. Non avevo programmato di sposarmi con te.»

«Pensavi sarebbe stata Yuki,» dico affermando l'ovvio.

La sua testa ondeggia senza rispondere.

«Non importa cosa pensassi. Non mi aspettavo soltanto questo. Non sto dicendo che non sia buono o che non mi ci abituerò. Ho solo bisogno di un momento.»

«Capisco. Puoi avere il tuo momento.» Mi fermo. «Momento finito.»

Dante mi guarda e ride.

«Tu hai le tue regole. Io ho le mie. Se devo essere sposato, cosa che come te non è stata una mia scelta, io condividerò il letto di mio marito.»

«Non volevi farlo?» dice Dante sciogliendosi un po'.

«Volevo sposare un totale sconosciuto e partorire i suoi figli?»

«Forse c'è qualcosa che Sato non ti ha detto sugli uccelli e le api,» scherza.

«La risposta è no, non volevo questo. Sono stato ingannato come te.»

Dante mi guarda con delusione. Mi sorprende.

«Quindi, cosa ne facciamo di tutto questo?» chiede. Lascio che la domanda resti sospesa.

«Ci compromettiamo,» suggerisco.

Dante mi guarda intrigato.

«In che modo?»

«Svolgiamo i nostri ruoli per la nostra famiglia e il nostro matrimonio,» dico con un leggero sorriso.

«E dov'è il compromesso?» chiede divertito.

«Non lo vedi?» scherzo.

Dante ride. È una bella risata. Mi riempie di calore.

«Non lo vedo.»

«Va bene. Il compromesso è che, mentre ti abitui a questo, passerò solo alcune notti alla settimana nel tuo letto.»

«Una notte.»

«Sette,» contrattacco.

Dante ride di nuovo.

«Tre.»

«Quattro» contratto

Mi fissa con un sorriso birichino. Mi fa piacere.

«Va bene, quattro. Ma, la mia regola resta valida. Devi fare quello che ti dico di fare quando te lo dico io.»

Sono offeso. «Oppure?»

«Oppure sarai punito di nuovo.»

Il suo suggerimento mi provoca un brivido che mi fa girare la testa.

«Mi stai minacciando con qualcosa di piacevole?»

«Parlo sul serio.»

«Anch'io,» confermo.

Ci guardiamo a vicenda. Comincio a vedere qualcosa emergere in lui. Mi eccita. Mi avrebbe punito regolarmente?

«Se non segui le mie regole, ti punirò,» conferma in modo suggestivo.

«E cosa succede se seguo le tue regole?»

«Ti punirò di più,» risponde con un sorriso diabolico.

Il mio uccello diventa duro come una roccia. Con il pizzicore residuo della sua punizione che se ne va, desidero di più. Con mia grande sorpresa, mi trattengo. Chi immaginava che ne sarei stato capace? Ma anche io riesco a vedere che stiamo navigando in una trattativa delicata. E c'è ancora una qualcosa da discutere.

«Allora, dove dovrei mettere le mie cose?»

Dante ci pensa.

«E, se dicessi la stanza degli ospiti?»

«Direi di nuovo no,» dico con un sorriso.

«Va bene. Puoi metterle nella mia camera da letto.»

«La nostra camera,» lo correggo.

«Vedremo.»

«Vedremo. E ti ho detto che dormiremo insieme a partire da stasera.»

Non riesco a capire se sia il panico o il piacere a prendere il sopravvento su Dante.

«Speri solo nello stesso letto, giusto? Solo questo?» conferma.

«Vedremo,» dico con un sorriso.

«Kuroi!»

«Va bene. Spero di non fare nulla che ti obblighi a punirmi,» scherzo.

«Ho fatto un errore, vero?» scherza.

«Non dal punto in cui sono seduto,» dico vedendo veramente mio marito per la prima volta.

Non è l'uomo che pensavo fosse. Mi aspettavo un bruto. È quello che mi aspetto da tutti gli uomini. Lui è diverso. Non riuscivo a spiegare come, ma lo è.

«Perché non ti prepari per andare a letto. Sarò lì in un secondo,» gli dico.

«Prenditi il tempo che ti serve. Ho bisogno di fare una doccia.»

Annuisco. «Fammi sapere se hai bisogno di aiuto lì dentro,» dico con un sorriso.

Mi guarda con sospetto.

«Per toglierti i vestiti,» spiego.

Il suo sospetto si approfondisce.

«Per via dei tuoi punti!»

«Giusto. I miei punti,» ripete dubbioso.

Non ha torto.

Aspettando un tempo rispettabile, alla fine mi avvio verso la sua camera da letto. Entrando, trovo la porta del bagno aperta. Avvicinandomi e appoggiandomi allo stipite della porta, lo trovo a torso nudo in un paio di pantaloni da tuta. Una volta visto il rigonfiamento nei pantaloni, non riesco più a guardare altro. Il mio battito accelera immaginando il suo rigonfiamento che si spinge dentro di me.

«Dormirai così?» chiede riportandomi alla realtà.

Guardai in basso verso il mio vestito. Una parte di me si sente sciocca per averlo indossato. È come camminare fuori scena con il mio costume addosso.

«No. Puoi aiutarmi con la zip?»

«Sì,» dice avvicinandosi lentamente.

Quando sento il calore della sua doccia avvolgermi, lo respiro e mi giro dandogli la schiena. Aspettando il suo tocco, quando arriva, mi fa tremare tutto il corpo.

Con il dorso delle sue dita che toccavano il mio collo mentre afferra la parte superiore del mio vestito, abbassa lentamente la zip. Quando ha finito, il dorso della sua mano sfiora il mio sedere. È intenzionale?

Sentendo il calore sulle guance, mi giro con poco spazio tra di noi. Non si muove. Neanche io. Abbassando le maniche sulle spalle, faccio cadere l'abito.

Ancora a pochi centimetri da lui, lo guardo negli occhi e mostro il mio collo. Voglio farglielo desiderare. Non si muove. Così, quando esco dal mio vestito indossando solo le mie mutandine rosa di pizzo, lui ha una bella vista.

«Sei pronto per andare a letto?» chiedo girandomi in modo che possa vedere il mio bel sedere.

«Mi fai mettere in dubbio tutto,» risponde.

«Non devi essere incerto su di me,» gli dico prima di infilarmi a letto e poggiare su un cuscino guardandolo negli occhi.

Essendomi esibito, lo guardo mentre esce dal bagno. Non fa nessun gesto eclatante. Non ne ha bisogno. Il suo rigonfiamento dice tutto e vederlo mi fa formicolare.

Sedendosi dal suo lato del letto, allunga la mano per la luce e poi si infila sotto le coperte. Per un momento è buio. Lo sento accanto a me. Guardando il soffitto, mi chiedo cosa fare. Voglio metterlo alla prova. Desidero sentire il suo uccello rigonfio.

Ma, non è questo il suo test per me? Mi ha chiesto che non succeda nulla tra noi. Almeno, non stasera. Potrei farlo. Voglio dire, potrei farlo in qualche modo.

Ma tutto dentro di me urla di rotolarmi, far scorrere il suo grosso membro in bocca e spingerlo giù per la gola. Non lo farò. Non stasera. Mi ucciderà averlo così vicino, ma voglio dimostrargli che può fidarsi di me.

Ovviamente può fidarsi di me solo fino a un certo punto, perché non posso fare niente con lui accanto. Sentendo il suo lieve muschio sulle lenzuola e sul cuscino, sono duro come non mai. Vorrei almeno toccarlo. Così, facendolo apertamente per fargli sapere che mi sto avvicinando, mi rigiro su un fianco, gli infilo un braccio intorno al petto, e mi stropiccio a lui.

Il mio uccello rigido trova le sue chiappe. Si appoggia perfettamente nella fessura. Per stasera, dovrà essere abbastanza. Premendo il petto contro la sua schiena, appoggio la guancia sulla spalla. Mi sento così bene che mi giro. È tutto ciò che posso fare per trattenermi dal violare completamente la sua fiducia.

Però non dura, ma non perché mi sono arreso. Dopo pochi minuti, Dante mi scrolla di dosso mentre cercava di girarsi. Mi allontano deluso finché non continua a girarsi abbracciandomi da dietro.

Le sue grandi mani si stendono sul mio petto. Il suo rigonfiamento rigido preme contro il mio sedere. E il suo respiro caldo fluidifica il mio collo rilassandomi più di quanto avessi mai provato in vita mia.

È così il sentirsi al sicuro? Pensandoci, lentamente mi addormento.

Capitolo 8

Dante

Mi sveglio con le braccia strette attorno all'uomo più bello che abbia mai visto e tutto quello a cui riesco a pensare è: «Che diavolo sto facendo?» Questo non sono io. Sì, sono già stato con alcuni uomini, ma non mi sono mai svegliato tenendoli tra le braccia. Inoltre, tutti conoscevano le regole quando venivano da me. Era una soluzione rapida e poi fuori dalla porta. Non c'era coinvolgimento di sentimenti. Era solo un soddisfare dei bisogni. Ci trovavamo per prendere ciò che ci sarebbe servito per tirare avanti fino alla prossima occasione.

Eppure eccomi qui a stringere Kuroi senza volerlo lasciare andare. Devo lasciarlo andare, in ogni caso. Non posso perdermi in questa situazione. Ho un lavoro che richiede la mia concentrazione. Basta distogliere lo sguardo per un momento, e ti ritrovi morto.

Tuttavia, l'uomo con cui sono questa volta è mio marito. Finché morte non ci separi. Questo è. Non c'è niente da fare, dovrò ripensare alla mia vita coinvolgendo anche lui.

Compreso farlo piegare sulle ginocchia per altre sculacciate di punizione? Dio, lo spero proprio. Non mi sono mai eccitato così in tutta la mia vita. Non so perché. Non posso spiegarlo. Ma sentirlo reagire a ogni colpo mi ha reso consapevole del fatto che ciò che stava accadendo era reale.

In un mondo in cui tutti mentono dicendoti quello che pensano tu voglia sentire, non c'è nulla di cui fidarsi. Ma il dolore è reale. Il corpo ha i suoi limiti. Superato un certo punto, nessuno può fingere.

Con tutti i suoi costumi e i suoi commenti folli, non riesco a capire cosa ci sia di vero Kuroi. Ma quando mi sfogo sul suo culo e lui urla, so per certo che sta succedendo davvero. Avrei potuto spogliarlo e scoparlo sui due piedi.

Probabilmente è per questo che ho accettato di lasciargli trasferire le sue cose nella mia stanza. Avrei accettato qualsiasi quando lui ha iniziato a guardarmi in quel modo. Tuttavia, non posso permettermi di mostrarmi debole davanti a lui.

Il suo maledetto corpo è una droga. Continuo a desiderare di più. Anche ora, mi ci vuole tutto il mio autocontrollo per non spingere il mio uccello pulsante contro il suo culo e chiedergli di lasciarmi entrare.

La sensazione del suo corpo snello tra le mie braccia. Una traccia di agrumi tra i suoi capelli. È un afrodisiaco ambulante. Dovrò tenerlo a distanza di sicurezza. Chi potrei diventare se perdessi il controllo anche solo per un secondo?

Sono disposto a rimanere lì sdraiato per tutta la mattina desiderando qualcosa da lui che non posso avere. Poi lui si contorce e indietreggia contro di me. Già tenendolo, solo una cosa è cambiata. Il suo culo sodo ora è premuto contro il mio membro duro.

Mi blocco, desiderandolo e sapendo di non poterlo avere. Così quando muove di nuovo il culo invitandomi, lo lascio andare e salto fuori dal letto.

«Dove vai?» chiede con la voce rauca del mattino.

«Devo prepararmi per il lavoro,» dico, dirigendomi verso il bagno senza voltarmi indietro.

«Voglio venire anch'io,» dice dolcemente.

Mi fermo e lo guardo. È la prima volta che mi chiede qualcosa in modo così gentile. Dannazione, come posso rifiutare, specialmente con i suoi grandi e bellissimi occhi che mi guardano in quel modo?

«Non penso sia una buona idea,» dico senza combatterlo.

«È perché ti vergogni di essere sposato con me. Pensi che ti imbarazzerei?»

Mi metto sulla difensiva.

«Non mi vergogno di te. Non mi importa cosa ne pensino gli altri. Sei mio marito e chiunque abbia un problema con questo avrà a che fare con il mio pugno.»

«Allora perché non posso venire?»

«È solo che…»

«È per i vestiti? So essere professionale.»

«Non è per i vestiti.»

Un po' è davvero per i vestiti. Non fraintendetemi, mi piacciono dannatamente tanto. E non sapevo di poterne essere attratto fino a quando non l'ho visto nel suo abito da sposa.

Ma non so esattamente come i suoi abiti e il trucco elaborato sarebbero stati accolti dalla famiglia, considerando che, se Matteo cercasse di uccidermi, lo farebbe su ordine di nostro padre. E se papà lo ordinasse, sarebbe per aver permesso a Sato di umiliare la famiglia facendomi sposare suo figlio.

«Allora, perché non posso venire?»

«Non ho detto che non puoi,» dico prima di ritirarmi in bagno e chiudere la porta. «Inoltre, non devi passare la giornata a disfare i tuoi bagagli?» urlo fissando quel bugiardo nello specchio.

«Non ho poi così tanta roba.»

«Comunque, forse non è una buona idea, per ora.»

E a questo punto chiudiamo la questione. Mi vesto e gli passo davanti mentre lui mi osserva dal letto, ma non me lo chiede di nuovo. E quando gli urlo che sto andando al lavoro e che ci vedremo stasera, abbiamo risolto il nostro primo disaccordo. Forse essere sposato con lui non sarà facile come pensavo.

Arrivato al lavoro prima del solito, mi prendo un momento per apprezzare la quiete. Tutta questa storia è davvero un casino. E non parlo solo del killer con cui condivido il letto. C'è qualcun altro che sta cercando di uccidermi e quel qualcuno potrebbe essere mio fratello.

Quando il mio assistente entra per portarmi la posta, mi concentro su quello che devo fare oggi. Una delle modifiche che ho fatto rispetto a come gestiva le cose mio padre è trattare gli affari in modo più professionale. Abbiamo passato il periodo in cui tenere due libri contabili era sufficiente. Ora ricicliamo denaro investendo in immobili e criptovalute. I rapporti generati dai nostri investimenti sono infiniti.

Tutto necessita della mia approvazione e della mia firma. Al di là di questo, devo assicurarmi che l'azienda benefici della mia nuova connessione con la Yakuza. Se voglio che mio padre accetti il mio matrimonio e non tenti di farmi fuori, deve vedere il lato positivo del mio essere con Kuroi.

«Hai un momento?» chiede Lorenzo entrando nel mio ufficio.

«Cosa c'è?» rispondo invitandolo ad entrare.

Chiudendo la porta dietro di sé, Lorenzo entra e si siede sulla sedia dall'altra parte della mia scrivania sorridendo.

«Vuoi sederti lì sorridendo come un idiota o hai qualcosa da dirmi?»

«Nuovi punti di sutura ieri sera?»

Fisso mio fratello chiedendomi da dove venga quella domanda. È stato lui a ricucirmi l'ultima volta che ne ho avuto bisogno. Quindi, era una domanda legittima. Ma quella espressione sul suo volto… e quante altre domande ne seguiranno?

Addormentarmi con Kuroi tra le braccia è stata una delle migliori sensazioni della mia vita. Maledizione, se mi ha provocato delle emozioni. Ma Lorenzo non deve vedere questa parte della mia vita. Sono suo fratello maggiore e il capo di questa famiglia. Non sono pronto per farmi vedere in modo diverso.

No, per ora, la mia vita con Kuroi dovrà essere solo tra noi due. Nessun altro dovrà sapere né vedere nulla. Tutto quello che si deve sapere è che il branco Ricci e la Yakuza di New York la pensano allo stesso modo e che non c'è modo di dividerci.

«Nessun punto di sutura. Finiamola qui.»

«Capito,» dice Lorenzo facendosi più serio. «C'è un'altra cosa di cui non abbiamo parlato.»

«Sì? Cosa?»

«Chi ha cercato di ucciderti.»

Ha ragione. Non ne avevamo parlato da quando ci siamo resi conto che Matteo era l'unico in grado di spararmi al collo mentre guidavo.

Lorenzo continua, «Sarò io a dirlo o lo farai tu?»

«Cosa?»

«Papà potrebbe aver commissionato un colpo diretto a te.»

«Non sappiamo nulla.»

«Non sappiamo nulla. Ma sappiamo chi potrebbe averti sparato al collo se è quello che è successo. E sappiamo che gli hai dato motivo per ordinare il colpo.»

«Ascolta Lorenzo, so che hai i tuoi problemi con papà. Ma ordinare di colpire suo figlio? Andiamo.»

«Cosa mi dici di zio Vinny?»

Zio Vinny era come l'uomo nero nella nostra casa durante la nostra infanzia. La leggenda narra che abbia tradito mio padre pensando di poter prendere il controllo della famiglia, e nostro padre ha ordinato di farlo uccidere.

Nessuno di noi lo può confermare perché si era trasferito in Italia dopo e sentivamo parlare di lui solamente a Natale. Lui chiamava per parlare con papà e papà si negava.

«Non sappiamo cosa sia successo tra loro. Potrebbe essere qualsiasi cosa,» dico a Lorenzo.

Mio fratello mi guarda confuso.

«Perché improvvisamente lo difendi?»

«Non lo sto difendendo. Lo hai accusato di aver ordinato un colpo a suo figlio e sto cercando di guardare le cose con logica.»

«Lo stai difendendo, dannazione. Dopo l'inferno che ci ha fatto passare da piccoli.»

«Ci ha cresciuti per renderci capaci di sopravvivere. Non si prepara un leone per una vita da spiaggia.»

«Dannazione, Dante!»

Sì, l'ho sentito. Lorenzo ha ragione. Sto trovando scuse per il modo di merda con cui ci ha cresciuti. Posso capire perché Matteo sia così. Ma dopo tutto quello che è successo, perché proprio io?

«Sto solo dicendo che il modo in cui ci ha cresciuti ci ha reso gli uomini che siamo oggi.»

«Sì. Uomini che non possono essere certi il proprio fratello ha cercato di ucciderli.»

Sto per cercare un'altra scusa per nostro padre. Lo sento arrivare finché l'interfono del mio telefono non si mette a ronzare.

«C'è qualcuno in arrivo. Non sono riuscita a fermarlo,» dice Silvie inducendomi ad allungare il braccio per prendere la mia pistola.

Prima di riuscire ad afferrare quella fissata sotto la mia scrivania, la porta del mio ufficio si spalanca. Il panico nella voce di Silvie mi dice tutto quello che pensavo di aver bisogno di sapere. Il mio cuore si ferma in attesa di un proiettile.

Ma con il dito sul grilletto e una probabilità del cinquanta percento di spalargli attraverso la parte posteriore della mia scrivania, un volto familiare appare. In piedi sulla soglia, mi fissa e strizza gli occhi.

«È una pistola quella hai in mano o sei solo felice di vedermi?»

«Kuroi? Cosa ci fai qui?» chiedo, agitato in un modo nuovo.

«Non può un ragazzo venire a vedere dove lavora il suo nuovo marito?» chiede entrando e chiudendo la porta alle sue spalle.

«Pensavo che avessimo concordato…»

«Non abbiamo concordato niente. Ho detto che volevo vedere dove lavori ed eccomi qui. E, caro, forse è meglio che togli la mano da quella pistola, prima che mi offenda.»

Kuroi sta facendo il pagliaccio e giocoso, ma non mi lascio ingannare. So cosa è capace di fare, quindi lascio andare la mia pistola.

«Bene,» dice prima di girarsi verso un Lorenzo sorpreso. «Eri al nostro matrimonio, vero? Sei uno dei fratelli?» Kuroi mi guarda. «Ne ho così tanti adesso. È difficile tenere il conto.»

«Sì. Ero al matrimonio. Lorenzo,» dice tendendogli la mano con un sorriso fin troppo amichevole.

Vedendo il sorriso di Lorenzo e il modo in cui Kuroi lo guarda in risposta, vorrei saltare oltre la scrivania e strappare la gola a mio fratello.

«Kuroi. Incantato,» dice flirtando con mio fratello.

«Seriamente, Kuroi, cosa ci fai qui?» dico, richiamando l'attenzione del mio marito civettuolo prima che qualcuno se ne possa pentire.

«Te l'ho detto…» dice giocoso.

«E io ti ho detto…»

«Eppure, eccoci qui,» dice prima di prendere il posto lontano vicino alla finestra. «Per favore, non arrabbiarti. Voglio solo vedere il mio uomo in azione.»

Deve sapere che questo mi sta facendo arrabbiare, vero? Ha disobbedito intenzionalmente al mio ordine. Deve sapere che lo punirò per questo. O, forse, è proprio questo il punto.

Il mio uccello freme pensando a cosa gli farò quando torneremo a casa. Primo, è venuto qui senza il mio permesso. E l'ha fatto inaspettatamente. Purtroppo non indossa una gonna, né posso vedere del trucco, quindi non posso punirlo per questo.

Il completo che indossa sembra essere un completo da donna, ma diamine se gli sta bene. Grigio a righe, giacca senza bottoni unita sul petto, le maniche arrotolate. E una camicia bianca senza colletto con il petto traforato. Se mio fratello non fosse qui, lo scoperei solo per essere venuto qui vestito così.

«Io, ehm, dovrei andare,» dice Lorenzo.

«No, per favore, resta. Fingi che non sia qui.»

Lorenzo mi guarda per sapere cosa fare. Non ne sono sicuro. È mio marito, ma è anche il figlio di Sato. Allo stesso tempo, non ho la sensazione che Sato gli abbia dato molte ragioni per essergli lealtà. Tuttavia, i padri sanno come entrare nella tua testa.

«Facciamo finta che non ci sia. Sono certo che si siederà lì in silenzio,» dico guardandolo.

«Come un topo,» dice Kuroi soddisfatto.

Lorenzo mi guarda incerto.

«Comunque, come stavo dicendo. Non possiamo saltare a conclusioni su chi stia cercando di uccidermi,» dico per il beneficio di Kuroi.

«Qualcuno sta cercando di ucciderti?» dice Kuroi sedendosi di colpo. «Chi?»

Lorenzo mi guarda e ride.

«Stiamo cercando di eliminare i sospetti,» spiego.

«Chi c'è sulla lista?»

Lorenzo interviene. «Bene, la prima persona sulla lista sei tu.»

«Non ha senso. Se avessi voluto ucciderlo, sarebbe già morto. Chi altro?»

Lorenzo mi guarda interrogativamente. Prendo il comando.

«Sato è un altro.»

«Possibile. Ma la persona più probabile che potrebbe ordinare la tua morte sarei io, ma, di nuovo, non sei già morto. Quindi.»

«Come possiamo sapere che non stai giocando sul lungo termine?» chiede Lorenzo.

«Dante, caro,» dice giocoso, «non gli hai detto quanto sono impaziente?»

«No, caro, non ho menzionato nulla su di te perché tengo separate la mia vita privata e quella lavorativa,» dico a denti stretti.

«Oh, è così che tratti le scappatelle. Sono tuo marito finché morte non ci separi,» dice con un sorriso che mi farebbe far pipì nei pantaloni se non stessi ancora pensando che sia stato mandato da me per uccidermi. «E quindi, chi altro?» dice impaziente.

Guardo Lorenzo per trovare un motivo valido per cui non dovrei dirglielo. Mio fratello non me lo fornisce.

«Una persona che potrebbe avere un motivo per sbarazzarsi di me è...» prendo un respiro prima di ammetterlo, «nostro padre.»

Kuroi ci pensa. «È possibile.»

«Davvero? Perché?» chiedo sorpreso.

«Sei più giovane, sei più forte, sei più intelligente. Sei una minaccia.»

«Una minaccia per cosa? Sto guidando la famiglia. La sua famiglia.»

«Esattamente. La sua famiglia e tu la stai guidando. Questa cosa lo potrebbe irritare.»

«Al punto da pagare qualcuno per uccidere il proprio figlio? Chiedo, sia offeso che sconvolto.

«Io lo farei,» dice Kuroi.

«Faresti uccidere tuo figlio per aver preso il controllo dell'azienda di famiglia?»

«Dipende.»

«Da cosa?»

«Gli ho dato io il comando, o se l'è preso? Se l'ha preso, io posso non essere pronto al lasciar perdere,» Kuroi fa un gesto sulla sua gola.

Lorenzo rispose, «Nel tuo caso, sarebbe piuttosto…» e si stringe il cuore facendo finta di avere un infarto.

Kuroi guarda Lorenzo con gli occhi in fiamme. Mi preparo. Gli sguardi non possono uccidere, ma quelli di Kuroi sì.

«Credo che mio fratello stia dicendo che la tua reputazione ti precede.»

«Oh, grazie!» risponde Kuroi prendendolo come un complimento. Si volta verso Lorenzo. «E sono sicuro che se a qualcuno fregasse qualcosa di chi sei, anche la tua reputazione ti precederebbe.»

Lorenzo si contorce accettando l'insulto con il sorriso sulle labbra.

«Comunque,» li interrompo, «Tu non sei nostro padre. Quindi non so quanto sia rilevante la tua opinione.»

Kuroi si sporge in avanti coinvolto.

«Dimmi questo, se tuo padre dovesse mandare qualcuno a seguirti, chi sarebbe?»

Guardo di nuovo Lorenzo.

«Se mandasse qualcuno, la persona più probabile sarebbe Matteo.»

«Il pazzo che ha ucciso uno degli uomini di mio padre legandolo al retro di una macchina e trascinandolo fino alla morte?»

«Sì. Nostro fratello, Matteo.»

«Oh, certamente potrebbe uccidere anche te.»

Lorenzo ride, non so bene il perché.

«Non lo sai,» dico liquidando la questione.

«Sto dicendo che sarebbe capace di ucciderti. Non ho detto che ci abbia già provato.»

Gli occhi di Lorenzo saltellarono tra noi due. «Quindi, ignoriamo semplicemente che tutti i tuoi amanti siano morti per un attacco di cuore e che potresti averne avuto uno prima dello schianto?»

«Un attacco di cuore ha causato lo schianto?» chiede Kuroi sorpreso.

«Non ho avuto un attacco di cuore! Né un attacco di panico. O qualcos'altro!»

«Allora perché sei andato a sbattere contro un albero?» chiede Kuroi con preoccupazione.

«Ho sentito un pizzico al collo pochi momenti prima di perdere i sensi. La teoria attuale è che qualcuno mi abbia sparato.»

«Fammi indovinare,» rispose Kuroi, «L'unica persona che conosci che potrebbe aver sparato quel colpo è tuo fratello, Matteo?»

Guardo Lorenzo alla ricerca di una via d'uscita, ma lui non me la fornisce.

«Sì.»

«Posso aiutarti a scoprirlo?» dice Kuroi con nonchalance.

«Cosa?»

«Mettimi nella stessa stanza con lui. Posso scoprire se è stato lui a cercare di ucciderti.»

«Non torturerai mio fratello!» dico provando un senso di rabbia protettiva.

«Su, calmati. Non ho parlato di tortura. Ho solo bisogno di parlargli. Dove possiamo farlo?» chiede con entusiasmo.

Kuroi è serio ed eccitato. Cos'è che gli fa pensare di poter scoprire una cosa del genere? Certo, Matteo non è la persona più sofisticata che conosco, ma mio fratello sa come tenere la bocca chiusa.

Vedendo che non rispondo, Kuroi aggiunge, «Dai, mettimelo nella stessa stanza. Ti aiuterò a scoprirlo.»

Quando Lorenzo ed io rimaniamo in silenzio, aggiunge: «Sei mio marito. Finiremo per stare nella stessa stanza prima o poi. Quindi, prima o dopo, succederà. E se succede dopo che ti ha ucciso, dovrò ucciderlo io.»

«Dai, Dante, in questo caso salveresti due vite scherza Lorenzo.

Mi appoggio alla sedia del mio ufficio e penso. Kuroi non ha torto. Finiranno per incontrarsi prima o poi. E qualcosa mi dice che Kuroi non avrebbe rinunciato. Forse sarebbe stato meglio se avessi il controllo su come e dove succederà.

«Matteo ha suggerito di organizzare una cena tutti insieme.»

«Aspetta, pensavo che avessimo deciso di fare noi una cena insieme, prima,» mi ricorda Lorenzo.

«Ah, è così dolce,» gorgheggia Kuroi. «E se mai venissi sospettato di aver ucciso mio marito, credimi, sarei la prima persona che vedresti,» dice in un tono minaccioso più infantile di quanto pensavo possibile.

«Fortunatamente, non dobbiamo preoccuparci di questo, perché Lorenzo è il fratello più leale che ho.»

«Speriamo. Quindi, quando potrò incontrare il traditore?»

«Non sappiamo se sia un traditore. Non sappiamo nemmeno se nostro padre stia davvero muovendosi contro di me.»

«Allora è ora di scoprirlo. Organizza la cena e fammi sapere quando. Preparerò un pasto adatto al mio re,» dice alzandosi e dirigendosi alla porta.

«In realtà, la organizzerò al Maramar. Hanno dei cannoli che devi provare.»

Kuroi, che ha la mano sulla manopola, si volta per guardarmi. È ovvio che sto scegliendo un ambiente pubblico per limitare atti trasgressivi da parte di entrambi. Mi aspetto quasi che Kuroi insista, ma non lo fa. Immagino che significhi solo che ho tre cose per cui punirlo, la terza è parlare quando ha detto che non l'avrebbe fatto.

«Organizza per stasera,» dice Kuroi cedendo.

«Sarà per domani sera. Abbiamo dei progetti stasera,» gli dico mostrando il mio disappunto negli occhi.

Guardandomi, geme quasi. «Oh, giusto, i nostri progetti. Sarò vestito e pronto quando torni a casa.»

Le sue parole mi provocano un'erezione. Guardandolo andare via, immagino le sue piccole forme tra le mie grandi mani e la sensazione della parte anteriore delle mie cosce contro la sua schiena. Lo avrei fatto gemere.

«Voi due avete progetti per stasera?» mi chiede Lorenzo quando se ne va. «Siete stati visti insieme pubblicamente?»

«Non è quel tipo di progetti,» dico rivelando molto più di quanto avrei dovuto, ma troppo eccitato per fermarmi.

Dopo aver discusso sull'opportunità di permettere a Kuroi di cenare con Matteo per primo, dico l'ultima parola sull'argomento e organizziamo la cena. Con tutte le cose da fare per la giornata, c'è solo una cosa a cui posso pensare. Come punirò Kuroi per avermi disobbedito?

Ci sono molte cose che potrei fare, ma quale dovrò impiegare? Alla fine, devo fare qualche ricerca. Kuroi è chiaramente più familiare con il ricevere punizioni di quanto lo sia io nell'infliggerle. Ma una cosa che sono bravo a fare è spingere un corpo ai suoi limiti fisici per ottenere quello che voglio. Voglio Kuroi, quindi devo spingerlo fino a quel punto.

Non sono mai stato un tipo da shopping, ma il giro nei negozi mi è piaciuto. Vado in un negozio nel cuore di Harlem. Questo posto mi offre molte opzioni. Immaginare come potrei usare ciascun oggetto su Kuroi, fa pulsare il mio membro.

Dopo aver trascorso un'ora a cercare, esco dal negozio con alcune cose. Non riesco quasi a trattenermi dall'ignorare ogni semaforo lungo il ritorno a casa. Quando parcheggio, devo prendere un respiro profondo per calmare il mio uccello. Raccolgo le mie buste ed entro nell'ascensore, ma sento qualcuno prendere il controllo su di me.

Entro nel mio appartamento e trovo il soggiorno vuoto.

«Kuroi, vieni qui, adesso!» dico, il mio lupo pieno di furia e desiderio.

Kuroi esce dalla mia camera da letto con sottomissione. Era nella mia stanza. Ancora un'altra cosa per cui punirlo. Indossa un kimono giapponese ricamato in seta d'oro, mi si avvicina, abbassa la testa e dice: «Sì, signore?»

Sentendolo, il mio cazzo si erige di nuovo. Vedendomelo davanti, immagino di spingere le mie dita sulla sua pelle mogano.

«Sei venuto nel mio ufficio senza il mio permesso.»

«Sì, signore,» risponde con la testa ancora abbassata.

«Cosa avevo detto che avrei fatto se non avessi seguito le mie regole?»

«Hai detto che mi avresti punito, signore.»

«Esatto. Eppure lo hai fatto lo stesso. Vuoi essere punito?»

«Sì, signore.»

«Sei pronto per la tua punizione?»

«Sì, signore.»

«In ginocchio.»

Senza sollevare il capo, Kuroi si mette in ginocchio.

«Adesso resta così.»

«Questa è la mia punizione?»

«Parlerai solo quando sarai interrogato. È chiaro?»

«Sì, signore.»

Lasciandolo in ginocchio con la testa china, mi ritiro nella mia stanza per prepararmi. Mettendo tutto a posto, assaporo quel momento. Facendo una doccia calda, sento ogni goccia mentre l'acqua bollente mi bagna la pelle. Mi sento vivo.

Indosso un accappatoio di seta, rientro in soggiorno e scopro che Kuroi non si è mosso. Osservandolo immobile, prendo un drink e lo consumo lentamente aspettando un altro motivo per punirlo. Non me ne offre uno.

Quindi mi avvicino a lui e gli ordino di alzarsi. Lo fa senza guardarmi.

«Vai nella mia stanza,» ordino con fermezza.

Lui lo fa ed io lo seguo. Quando è entrato e si ferma, lo supero, mi avvicino al comò e gli mostro ciò che c'era sopra.

«Per avermi disobbedito, sceglierai,» dico indicando il frustino e la frusta che contrastano con il panno bianco sul quale sono posati. «Ogni punizione verrà con una serie unica di discipline. Capisci?»

«Sì, signore.»

«Le prenderai. Se non potrai più prenderle, dirai la parola ciliegie. Nient'altro mi fermerà. Capito?»

«Sì, signore.»

«Dillo.»

«No, signore.»

«Perché no?» chiedo con rabbia crescente.

«Perché non voglio che tu ti fermi.»

Mi calmo e sorrido.

«Scegli.»

«Posso avere entrambi, signore?»

«La tua punizione è che devi scegliere.»

Vedo che stava cominciando a capire. Se si fosse comportato bene, avrebbe potuto avere entrambi. Ma dato che mi ha disobbedito, può sceglierne solo uno, senza mai sapere cosa ha perso.

«Per favore, signore, posso avere entrambi?»

«Ho detto scegli! O non avrai nessuno dei due.»

Lui allora mi guarda, il desiderio e la paura brillano nei suoi occhi. Affrettandosi al comò, li guarda.

«Posso toccarli, signore?»

«No,» dico intensificando la sua punizione. «Scegli.»

Sospendendo le mani sopra i due, trema di desiderio.

«Ho detto scegli!»

«La frusta,» dice infine, sognando ciò che ha scelto.

«Benissimo,» dico togliendo il frustino e mettendolo nel cassetto.

Il suo desiderio lo ha indebolito. Vederlo mi fa pulsare il cazzo. Il mio lupo lo vuole così tanto che mi lacera dentro, lottando per uscire. Ma devo insegnargli una lezione.

«Spogliati,» gli dico, il cuore che batte al pensiero di lui.

Senza esitare, Kuroi si volta verso di me e abbassa lentamente il suo kimono. È nudo sotto. La sua figura snella è evidenziata da muscoli tesi. È più bello di qualsiasi statua. Mi viene la pelle d'oca nel guardarlo.

Oltre a questo, il suo uccello generoso cazzo è già duro. Rasato fino a quasi nulla, risalta sul suo corpo. Voglio sentirlo tra le mani. Voglio accarezzare i suoi piccoli testicoli. Il solo pensiero è più forte di me.

Ricomponendomi, tiro fuori due manette dall'altro cassetto. Posizionandole sul comò accanto alla frusta, mi rivogo a lui.

«Ammanettati.»

Lui lo fa senza esitazione. Con entrambe le manette chiuse, guarda verso di me con desiderio.

«Ora, seguimi,» gli dico afferrando la frusta e attraversando il soggiorno fino alla porta scorrevole del balcone.

Mentre lui è in attesa, abbasso le luci dietro di noi. Con le luci della città che si accendevano davanti a noi, lo guido sul balcone e gli dico di afferrarlo. Obbedendo, socchiude le labbra lottando per poter respirare.

Immaginai cosa prova mentre l'aria fresca della notte accarezza la sua pelle baciata dal sudore. E premendo il mio uccello eretto, coperto dal mio accappatoio, contro di lui mi chino vicino a lui e dico: «Ora chiunque guardi vedrà cosa succede quando mi disobbedisci,» poi lo ammanetto al balcone.

«Sì, signore. Per favore insegnami come obbedire.»

«Ti insegnerò come obbedire,» sussurro nel suo orecchio mentre geme dal calore.

Lasciandolo tremante, faccio un passo indietro e lo illumino. Quando i lacci di pelle gli toccano il culo, la sua testa si arretra. Non gli mostro misericordia.

«Grazie, signore,» miagola.

A quelle parole, lo colpisco di nuovo. Il suo corpo rabbrividisce mentre il suo sedere nudo si fa lentamente rosso. Spolverando i suoi punti segnati con il cuoio, aspetto che si rilassi prima di colpire di nuovo. Quando il suo corpo si contrae, il mio uccello si piega.

«Di più, signore,» implora.

Lo colpisco molte volte, sempre più eccitato ogni volta. Quando abbasso la mia mira fino alle gambe, geme. Non si è preparato a questo. E quando le sue gambe iniziano a tremare, perdo il controllo. Colpendolo sempre più forte, finalmente afferro il suo petto, gli mordicchio l'orecchio e trovo il suo buco con la punta del mio uccello.

«Sì?» gemo.

«Sì,» mi implora.

E senza esitazione, permetto al mio liquido gocciolante di dipingere un sentiero oltre la sua stretta apertura fin nelle sue profondità.

«Ah!» geme sentendo il mio uccello che si fa strada in lui.

Il suo calore me lo consuma. Il piacere trabocca attraverso me. Mordendo il suo orecchio per contenermi, spingo fino a non poter andare più a fondo. Afferrandogli l'anca, spingo più forte fino a quando urla in estasi dolorosa.

Seppellito dentro di lui, gli faccio scivolare la mano su per il suo petto nudo fino alla gola. Stringendo, lo sento impotente davanti alla mia volontà. Posso fare ciò che voglio con lui. E sentendo la fresca brezza notturna circolare tra la nostra pelle tremante, mi tiro indietro abbastanza per pizzicare il suo interno.

«Sì. Sì!» intona, con la mia mano intorno alla gola e il mio inguine che batte il suo culo.

La mia mente vaga, adorando ogni momento con lui. Il suo corpo tra le mie braccia, il suo culo attorno al mio cazzo, il modo in cui strilla e geme ad ogni mio colpo di reni.

Lo scopo sempre più forte e le sue gambe iniziano a cedere. Più a lungo lo cavalco, più lo tengo dritto. Si sta sciogliendo tra le mie braccia. E quando gli infilo la mano sotto la pancia e gli sollevo i piedi da terra, so cosa accadrà dopo.

Tenendolo ancora e con il mio cazzo nel suo culo, mi sporgo in avanti e strappo le manette dal balcone. Libero, lo tiro verso di me in un abbraccio e cammino fino alla mia camera da letto. Sono ancora dentro di lui. Lo sento come una parte di me. Agganciando i suoi piedi attorno alle mie gambe e la sua mano attorno alla mia testa, si attacca a me. Quindi, quando lo abbasso sul letto, devo staccarmi dalla sua presa per ottenere ciò che voglio.

Appoggiandolo sulle ginocchia con il culo in aria, premo il suo petto sul letto e mi muovo sopra di lui. Lo scopo senza pietà. Il letto trema mentre il mio inguine colpisce la sua carne. Mi pare quasi di voler entrare dentro di lui. Voglio indossarlo o farlo diventare parte di me. Non so scegliere. Ma quando non posso stare lontano da lui più a lungo, lo giro, gli premo le ginocchia al petto e lo scopo mentre cerco le sue labbra.

Non ho mai baciato gli uomini. Li ho sempre e solo scopati. Perché mai avrei voluto avvicinarmi così? Ma con Kuroi, non so più chi sono. Essere con lui mi soddisfa. E quando le nostre labbra si toccarono e le sue si aprono, mi lascio andare.

Per quanto incredibile sia il suo culo, è il nostro bacio a farmi venire. La sua bocca è piccola. Anche la sua lingua. Ma intrecciandosi, le nostre lingue aderiscono perfettamente. Questa sensazione mi toglie ogni volontà.

Continuo a baciarlo anche mentre gemo. Lo sta riempiendo del mio liquido. Solo ora mi ricordo del piacere di Kuroi. Cercando il suo uccello tra di noi, il mio tocco lo fa saltare.

Spingendo il mio dito giù per il suo tronco, scopro che è già venuto. Era eccitato quanto me. Era venuto senza che io lo toccassi. È stato il modo in cui modellavo il suo buco ciò che il nostro bacio è stato per me?

Non lo so e non mi importa. Tutto ciò a cui posso pensare è di tornare alla sua bocca. Kuroi è il mio primo bacio. Certo, ho baciato delle donne. Ma non hanno mai significato nulla per me. Facevo solo quello che un uomo deve fare. Non sapevo nemmeno cosa si deve provera, fino a quando Kuroi non ha aperto le sue labbra e mi ha lasciato entrare.

Ora che l'ho baciato, non vorrei mai smettere. Kuroi è mio. Nessun altro lo dovrà toccare, mi più.

Tirando il mio cazzo che si ritira da lui, spingo le mie dita tra i suoi capelli ricci e lo cullo mentre lo rotolo su di me. Non smetto mai di baciarlo. Non posso.

Sentendo il seme di Kuroi spingere tra noi, fletto il culo facendolo scivolare contro di me. Non ci vuole molto perché mi faccia diventare di nuovo duro. Sorpreso, Kuroi raggiunge e prende in mano il mio uccello. Allontanandosi dalle mie labbra abbastanza a lungo da ridere, torna prima di muoversi lentamente giù per il mio mento, poi lungo il collo, sul petto e sulla pancia.

Con le sue delicate dita che ancora mi tengono, pulso sentendo le sue labbra avvicinarsi. Non è ancora pronto per quello, però. E trovando le scanalature dei muscoli del mio ventre, strofina gli zigomi affilati contro i miei muscoli, tracciando le scanalature con la punta del suo naso.

Comunque, quando non c'è più un altro centimetro da esplorare, prosegue il suo cammino verso il basso, preme il mio grosso uccello contro la guancia e ne traccia il bordo, a partire dalla cappella, con la punta della lingua. Poco dopo, immerge il mio membro verso il fondo della gola.

Non mi aspettavo molto in questo caso. Altri hanno già provato a inghiottirmelo, ma ce l'ho troppo grande. Anche Kuroi ci prova. Si spinge fino a strozzarsi. Allontanandosi, riprova finché il suo corpo non si contrae e le lacrime scendono lungo le guance.

«Sono troppo grosso,» dico dandogli il permesso di rinunciare. Ma non lo fa.

Focalizzandosi più sul colpirmi mentre mi succhia, stuzzica la mia cappella fino a farmi tremare le punte delle dita. Kuroi sa quello che sta facendo. Quando mi sembrava di esplodere, si allontana muovendosi sul bordo. Mi tortura in questo modo per più tempo di quanto pensavo possibile.

«Per favore,» lo imploro avendo un bisogno disperato di venire.

Solo allora che mi guarda con un sorriso da gatto del Cheshire. Sa cosa stava facendo, questo maledetto. E finalmente pronto a liberarmi, mi afferra le palle con la sua piccola mano e stringe.

Quando vengo, sono un vulcano. Non riesco a smettere di venire. Quando tutto il fluido in me è eruttato, non mi fermo.

Il mio intero corpo è sensibile da morire. Allontanando da me la mano e la bocca, il bastardo ride nel posare di nuovo le sue mani facendomi saltare il cazzo. È come essere colpito da un fulmine.

«Sei un maledetto sadico,» gli dico, scuotendo la testa divertito.

«Cosa? Non ti piace che ti tocco l'uccello?»

Lo tocca di nuovo facendo sussultare il mio corpo.

«Ah!» urlo prima di raggiungere in basso e allontanargli la mano. «Sali su qui,» gli dico riportandolo tra le mie braccia.

Sistemandosi con il suo volto a pochi centimetri dal mio, lo guardo fisso negli occhi. Per un momento io e il mio lupo siamo felici. Ma più a lungo lo guardo, più mi rendo conto che sono fregato. Non ci sarà modo di nascondere quello che prova per lui dopo tutto questo. Se qualcuno me lo chiederà, non sarò più in grado di negarlo.

Non avrei mai immaginato che avrei potuto provare tutto questo. E sebbene non lo sapessi Kuroi ora mi tiene avvolto attorno al suo delicato ditino.

Cosa devo fare ora? Cosa direbbe mio padre se sapesse che mi sto innamorando, non solo di un uomo, ma della causa stessa della sua umiliazione?

Capitolo 9

Kuroi

Da quando ho 14 anni, ovvero da quando mio
padre mi ha dato a un socio in affari come bonus di
firma, ho iniziato ad avere problemi a dormire. All'inizio
non riuscivo a rimanere addormentato. Non sono mai
riuscito a capire il perché, ma c'erano due possibilità. O
perché dormivo in un letto nuovo, o perché venivo
svegliato ogni notte da un vecchio che spingeva il suo
uccello nel culo. Rimane un mistero.

Tuttavia, il vero problema è cominciato quando non solo
non riuscivo a rimanere addormentato, ma nemmeno
riuscivo ad addormentarmi. Ci sono stati giorni
consecutivi in cui non dormivo affatto.

Devo ammettere che questo mi rende un po' folle. Dopo
il terzo giorno, nessuno vuole più starmi intorno. Avete
provato a truccarvi mentre siete ubriachi dalla
stanchezza? Non è un bello spettacolo.

Ma anche dopo la morte improvvisa del socio in affari di
mio padre e il mio ritorno a casa, non riuscivo ancora a

dormire. Andavo nei bar fino all'alba, bevevo tutta la notte e scopavo a maratona nel tentativo di stancarmi. Non funzionava nulla.

Alla fine, l'ho accettato. Dormo malissimo e i miei amanti finiscono sempre per morire. Sono due cose correlate? Voglio dire, potrebbero non esserlo? Certamente non ricordo di aver mai ucciso nessuno di loro. Potrei averci pensato. Soprattutto il primo. Ma, tutto quel pasticcio di fare un piano e seguirlo? È un sacco di lavoro. E, per fortuna, i miei problemi hanno sempre finito per risolversi da soli.

Sfortunatamente, il mio nuovo problema è rapidamente diventato che anche quelli che volevo che vivessero, morivano. E non era come se li accoltellassi nel sonno. Sarebbe stato più facile accettarlo. No, semplicemente stavo con qualcuno abbastanza a lungo da dormire finalmente tra le sue braccia, nel giro di settimane, mi ritrovavo a seppellirli.

E non erano tutti vecchi. Uno di loro aveva 25 anni. Se fosse stato ancora possibile per me amare qualcuno, sarebbe stato lui. Era tutto quello che il mio giovane cuore desiderava. E, nonostante tutto, mi amava. Oh beh!

Dico questo per dire che mai prima d'ora avevo dormito tra le braccia di qualcuno così semplicemente come ho fatto tra le braccia di Dante. Una spiegazione potrebbe essere che Dante continua a drogarmi, quel bastardo. Ma non mi sveglio con lo stesso ronzio nelle orecchie di quando ero ragazzino. Quindi, a meno che non abbiano inventato droghe migliori da allora, non posso spiegarlo.

In ogni caso, ho imparato che riuscire ad addormentarmi tra le braccia di Dante porta con sé il suo bel numero di problemi. Per primo, ho sviluppato questo folle impulso di soffocarlo nel sonno. Non fraintendetemi, non voglio ucciderlo. Voglio solo fare in modo di non doverlo mai sentire dire che dobbiamo dormire separati.

Posso già sentire cosa direte, 'Oh, questo Kuroi, è così estremo. Oh, Kuroi, se lo uccidi, dovrai vivere il resto della tua vita sapendo di non essere riuscito ad aprire abbastanza la gola per ingoiare il suo enorme, e sottolineo ENORME cazzo.' E non avreste torto.

Ma immaginate come ci si sentirebbe a passare 13 anni senza una bella dormita, finalmente ottenerla, e poi vedersela portare via. Anche voi soffochereste qualcuno nel sonno. Cerchereste verdure sempre più spesse per allargare la gola, mostrereste al suo palo chi è il capo e poi lo soffochereste nel sonno proprio come farebbe chiunque di noi.

Fino a quel momento, però, devo evitare di fare qualcosa di folle.

«Ehi,» dice Dante svegliandosi e trovandomi a fissare i suoi occhi a pochi centimetri di distanza.

«Ehi,» canticchio sentendomi più riposato di quanto lo sia mai stato nella mia vita adulta.

Dopo avermi fissato per un secondo, guarda in basso e mi solleva il braccio. Penso stia solo cercando di

sollevare il braccio, ma considerando che ho
ammanettato il suo polso al mio, è un pacchetto unico.

«Che succede qui?» chiede ancora cercando di svegliarsi.

«Cosa intendi?» rispondo sapendo che avrebbe potuto
chiedermi una serie di cose.

«Le manette. Ci hai ammanettati?»

«Perché me lo chiedi?»

«Perché siamo ammanettati,» spiega.

«Oh!»

Mi guarda in modo strano. «Quindi, lo hai fatto tu?»

«Ho fatto così tante cose. Non puoi aspettarti che le
ricordi tutte,» replico cercando di non esprimere quanto
sia sciocca la sua domanda.

Guardandomi confuso solo per un momento, si rilassa
rapidamente e torna ai miei occhi.

«Sai che dovrò andarmene prima o poi, giusto?»

«Certo che lo so che andrai via. E mi porterai con te.»

«Ah, ecco di cosa si tratta. Come? Pensi che, siccome sei
sposato con me, hai il diritto di aiutarmi a gestire gli
affari della mia famiglia?» mi chiede divertito.

Ride. «Non sono un ragazzo che lavora.»

«Quindi, cosa c'è? Sarai solo ammanettato a me per il
resto delle nostre vite come una sorta di zavorra e…»

«Se mi chiami ancora zavorra, dovrò ucciderti. Il che
sarebbe un peccato considerando quello che abbiamo
fatto ieri sera.»

Dante sorride e torce il mio braccio ammanettato per
avvolgerlo intorno a me.

«Quello che abbiamo fatto ieri sera, eh?»

«Ti ricordi, vero? Mi hai fatto scegliere un frustino e poi mi hai frustato sul balcone con gente che guardava.»

«C'era gente che guardava?» chiede Dante sorpreso.

Lo guardo come se fosse un idiota.

«Hai frustato un uomo nudo sul balcone del tuo grattacielo, nel centro di New York. C'era praticamente una folla. L'unico motivo per cui un poliziotto non si è presentato è perché probabilmente pensavano che mi avessi catturato mentre cercavo di scappare.»

Dante scuote la testa. «Non è divertente.»

«Siamo in America. Fidati, un po' divertente lo è,» lo rassicuro.

Per qualsiasi motivo, questo lo spinge a cercare di alzarsi.

«Slegami. Devo prepararmi per il lavoro.»

«No!» rifiuto, sorpreso che lo chieda.

«Sul serio, slegami.»

«Come posso farlo? Sono le tue manette. Non ho nemmeno la chiave.»

Dante mi guarda frustrato, poi si arrampica sopra di me verso il comodino. Aprendo il cassetto, cerca al suo interno.

«Dov'è la chiave. L'ho lasciata qui dentro ieri sera quando ho preparato le cose.»

«Aspetta, stai dicendo che non avrei dovuto ingoiarla?»

Dante si gira e mi guarda fisso.

«Cosa sei, un dodicenne?»

«Siamo tanto vecchi quanto ci sentiamo,» dico allegro.

Invece di sistemarsi per una giornata rilassante a letto, il mio marito burbero mi afferra, si gira su di me e mi getta sulla sua spalla come un sacco di riso.

«Che stai facendo?» protesto.

«Te l'ho detto. Devo prepararmi per andare al lavoro. Pensavi che il tuo scherzetto da bambino mi avrebbe fermato?»

«Mettimi giù. Chi credi di essere?»

«Qualcuno che ti tingerà la pelle se continui a scherzare così.»

«Ora sono confuso. Vuoi che smetta di scherzare o che continui a scherzare?»

«Se continui, lo scoprirai.»

Nonostante la sua promessa molto chiara, non lo capisco. Scopro invece come ci si sente a fare una doccia mentre sono gettato sopra una spalla. E scopro anche com'è vederlo radersi al contrario. Ma quando vuole davvero andare, fa ciò che aveva fatto la notte prima e strappa la manetta dal suo polso.

«Scappo,» mi dice.

«Ah!» dico con il cuore spezzato.

«Non voglio vederti nel mio ufficio oggi.»

«Come se dirlo potesse fermarmi.»

«Sono serio. Non riesco a pensare quando sei nei paraggi. E devo capire cosa fare con Matteo.»

Mi animo. «Te l'ho detto, organizza una cena e scoprirò se è stato lui a spararti.»

«Non lo so, Kuroi. Potete essere entrambi…»

«Scegli le parole con saggezza, marito,» minaccio.

«Impulsivi.»

«Credi davvero che mi sporgerei attraverso il tavolo e tagliandogli la gola in un luogo pubblico per aver tentato di ucciderti? Voglio dire, la scorsa notte mi sono divertito, ma non sei stato così bravo.»

«Mi hai ferito.»

«E io mento. La scorsa notte è stata fantastica. Taglierei sicuramente la gola a qualcuno in un luogo pubblico per aver tentato di ucciderti,» dico con un sorriso.

«Questo è il mio ragazzo. Ma è anche mio fratello. Qualunque cosa abbia fatto, non posso permetterti di fargli del male in quel modo.»

«Va bene, non gli taglierò la gola.»

Dante mi guarda divertito. «Lo prometti?»

«E se lo facessi con un coltello da burro? Sai quanto sarebbe difficile? Sento che non dovrebbe contare.»

«Vedi, è per questo che non posso mettervi insieme.»

«Scherzo. Come marito, dovresti sapere che sono molto divertente.»

Dante ride.

«Sì, lo sei.»

«Allora, organizzerai la cena?»

«Lo organizzerò per stasera.»

«Wow!» esclamo davvero entusiasta.

«Ci vediamo dopo,» dice mentre sta per partire.

«Uh, uh, uh,» lo fermo mentre sta per andarsene.

«Cosa?»

Gli mando un bacio con le dita e non so come reagirà. La scorsa notte sembrava totalmente preso dal baciarmi. Ma molti degli ipocriti come lui vogliono una cosa quando il sole tramonta e un'altra quando sorge.

Con mia sorpresa, Dante sospira frustrato, attraversa la stanza e mi bacia sulle labbra. Ha cercato di darmi solo un bacio veloce, ma con lui così vicino, appoggio gli avambracci sulle sue spalle e mi sento a mio agio.

Dio, come bacia bene. Quando la sua lingua tocca la mia, mi sento ubriaco. Il mio cervello si scioglie come caramello caldo. E dopo che ho completamente perso la cognizione del tempo, lui si allontana.

«No, non possiamo farlo ora. Devo davvero andare al lavoro.»

«Sei sicuro?» chiedo. «Il mio culo è proprio qui,» gli dico inclinando il mio sedere nudo verso di lui.

Fissandolo per un secondo, non ci mette molto a spezzare l'incantesimo e uscire.

«Non fai per me,» dice con un sorriso mentre le porte dell'ascensore si chiudono.

«Ma tu sei fantastico per me,» dico a me stesso chiedendomi come avrei respirato senza di lui.

Ora che se n'è andato, crollo sul divano fissando l'ascensore e sperando di vederlo apparire. Non lo fa.

Anche dopo aver capito che non riapparirà, non riesco a convincermi, pensando che potrebbe farlo. Se non dovessi andare in bagno, starei qui per sempre. Una volta sollevato mi dirigo in bagno e mi preparo per la giornata. Cosa faccio ora, sapendo che Dante non vuole che lo raggiunga in ufficio? C'è molto tempo prima della nostra cena con Matteo. Come lo impiegherò dipende da come deciderò di vestirmi. Decido di andare a trovare mia sorella, indosso un completo di raso blu notte con pantofole dal taglio lungo. Ho i tacchi perfetti per loro. E poiché andrò a casa, mi truccherò pochissimo.

Vestito e pronto ad andare, mi rendo conto presto che non so come arrivarci. Riprendo il telefono e chiamo mio marito.

«Come hai avuto questo numero?» chiede quando risponde.

«Come hai capito che sono io?»

«Facile. Che c'è?»

«Come faccio a chiamare un elicottero?»

«Cosa?» ripete Dante, decisamente sorpreso.

«Quando ero a casa, chiamavo l'assistente di mio padre e il pilota mi incontrava sull'eliporto. Come funziona da te? Devo chiamare il tuo assistente?»

Dante ride. «Se chiedessi al mio assistente di organizzare l'elicottero di famiglia, non saprebbe nemmeno di cosa stai parlando.»

«Devo chiamare direttamente il tuo pilota?» chiedo, confuso.

«Cosa ti fa pensare che io abbia un elicottero a disposizione?»

«Perché non dovresti?»

«Perché dovrei?»

Vedendo che la conversazione girava a vuoto, arrivo al punto. «Voglio andare a trovare Yuki che è a casa oggi. Come faccio ad arrivarci?»

«Potresti guidare.»

«No, dimmi qualcos'altro.»

«Cosa intendi con 'no'?»

«Devo spiegarti cosa significa 'no'? Riprova!»

«Potrei far venire un autista a prenderti.»

«No, ancora.»

«E va bene, organizzo un elicottero per portarti dai Sato.»

Sorrido, deliziato. «Ecco, marito. Sapevo che ci saresti arrivato.»

Dante non sembra felice della cosa, ma mi informa che il suo assistente mi avrebbe chiamato per i dettagli. Entro 20 minuti, ricevo la chiamata e, una volta all'eliporto 20 minuti dopo, atterro nel compound di mio padre.

Come ogni buona giapponese, Yuki è una creatura abitudinaria. In questo momento della giornata si trova nel suo giardino. Trovandola lì, mi pento di aver indossato i tacchi.

«Non capisco come tu possa goderti di stare qui fuori,» dico furioso per il fatto che neanche questo riesca a scalfire la sua carnagione di porcellana.

«Mi rilassa. Forse dovresti considerare il giardinaggio,» dice continuando a potare le sue rose d'inverno.

«Ho i miei modi di rilassarmi,» rispondo alla mia gelida sorella.

«Immagino.»

«Sono sicuro che non immagini.»

Il silenzio cadde tra noi lasciandomi a fissarla senza nulla di meglio da fare.

«Ti ho comprato un regalo.»

«Davvero?» chiedo incuriosito. «Sarà il mio regalo di nozze?»

«Puoi considerarlo come preferisci. La vita matrimoniale sta andando bene?»

Se la vita matrimoniale mi stava trattando bene? Vediamo. Dormo meglio di quanto avessi fatto in anni. Ho avuto il miglior sesso della mia vita. E sto iniziando a godere della compagnia di mio marito.

«Posso pensare a cose peggiori.»

Sentendo la mia dichiarazione, Yuki quasi collassa dalla sorpresa... per quanto le sia possibile, cioè dandomi una breve occhiata. Rivolgendo di nuovo la sua attenzione alle rose, dice: «Ne sono lieta.»

Potando appena per un altro minuto, raduna le sue cose e mi guida all'interno. Mentre lo fa, quasi esprime un'emozione. Non ho mai visto mia sorella così scossa. Chi è questa persona accanto a me?

«Tè?» chiede, in un tono pieno di sgomento.

«Grazie,» rispondo disposto a qualsiasi cosa pur di calmarla.

Avendo scelto il balcone dove ho sposato Dante per il nostro tè, comprendo la causa dello sconvolgimento tumultuoso di mia sorella. È il fatto di avermi perso a turbarla.

Il suo cuore sta compiendo una delicata lotta per gestirla. Il suo sguardo inespressivo nei boschi di fronte a noi è tutto ciò che può mettere in atto per non gettarsi dal balcone e suicidarsi. Il mio cuore si spezza per lei.

Yuki, come tanti altri nella mia vita, è ossessionata da me. Gli uomini, le donne… Non voglio apparire stronzo, ma è l'unica cosa che posso fare per tenere tutti a bada.

Non mi sorprenderei se questo fosse il motivo per cui sono stato dato via così giovane. Perché nemmeno mio padre poteva resistere al mio potere seduttivo. Molto triste.

Quanto sono fortunato ad aver ereditato la maledizione di mio padre e di aver attirato un demone ragno? La mia sfortunata sorella ha attirato quello che mio padre dice di me alla gente, semplicemente uno spirito della casa. Quindi è maledetta a portare fortuna e prosperità a chiunque la ami, mentre io ho il permesso di uccidere chiunque mi ami. Seriamente, quanto sono stato fortunato?

«Hai detto che avevi un regalo per me?» chiedo sperando di salvarla dalla sua disperazione.

Rivolgendosi di nuovo verso di me, mi fissa e poi si alza.

«Lo andrò a prendere.»

Mentre era via, la mia mente si sposta al tempo che ho trascorso in questo complesso. L'ho sempre considerato una prigione. Vivere con i miei amanti era stata la mia via fuga...

Yuki non ha mai avuto tali opzioni. Non so nemmeno se abbia mai avuto un fidanzato.

È possibile che ne abbia avuto uno. Negli anni sono stato via molto. Ogni volta che si presenta la possibilità di una nuova vita, la colgo. E mentre mi impegno in un'altra relazione destinata a fallire, mia sorella resta qui, perfetta figlia di mio padre.

Anche se Yuki considerasse questo luogo la sua prigione, comunque le porta dei privilegi. A differenza mia, lei ha accesso totale al denaro di mio padre. E alcune volte all'anno viaggia in Giappone per passare del tempo con i fratelli che a malapena ho conosciuto.

Ma, nonostante questa libertà, ci sarà sempre un momento in cui il suo guinzaglio la riporterà indietro. Yuki è la costante di questo complesso. Passeggia per i giardini come un fantasma. Probabilmente se ha avuto un amante, l'ha avuto durante i suoi viaggi. Ma è difficile immaginarlo.

Ritornando con il tè, Yuki tiene una scatola elegantemente impacchettata. Alzandomi per accettare il suo regalo, prendo l'altro capo e le faccio un inchino.

«Per la tua felicità,» mi augura.

«Mi onori,» rispondo, incapace di ignorare la mia educazione. «Prego, siediti,» dico aspettando che torni al suo posto.

Nuovamente seduti con il regalo tra di noi, lo guardai con anticipazione. Rimuovendo il nastro mentre mi assicuro di ammirare la confezione, trovo infine una scatola bianca. Sollevando il coperchio, dentro trovo quello che spesso ricevevo, un abito elegantemente confezionato in nero.

Sono deliziato. Se non altro, Yuki ha un gusto squisito. Dove trovi i suoi regali, non riuscirò mai a scoprirlo. La mancanza di un'etichetta mi porta a credere che li disegni lei stessa. Ma man mano che si fanno più elaborati, diventa sempre meno probabile che li realizzi da sola.

«È incredibile,» dico trattenendo l'abito davanti a me.

La parte superiore è senza maniche e aderente con ricami in filo nero. È classicamente cinese. La parte inferiore continua con una seta nera spessa che si divide in gambe di pantalone che si uniscono tanto da sembrare una gonna.

«Sono contenta che ti piaccia,» dice Yuki con il più leggero accenno di un sorriso.

«Mi piace più di quanto immagini. Lo indosserò stasera.»

«Uscirai?»

«Cenerò con Dante e suo fratello,» dico orgoglioso.

«Oh.»

«Conosci il fratello di Dante, Matteo?»

Yuki abbassa gli occhi e sospira leggermente come per dire no.

«Qualcuno ha tentato di uccidere Dante.»

«Oh?»

«Ecco perché è andato a sbattere contro un albero il giorno del nostro matrimonio. Non si è semplicemente schiantato cercando di allontanarsi da me,» dico, cercando di mascherare il sollievo che provo nel dirlo.

«Eh,» dice ignorando la mia indulgenza emotiva. «E la cena con Matteo?»

«Crede che qualcuno lo stesse aspettando fuori dal nostro compound e che gli abbia sparato.»

«Papà sa di questo?»

«Non sa nulla. E devi giurare di mantenerlo segreto. Fino a quando non scopriremo chi ha tentato di ucciderlo, non può uscire nulla.»

«I tuoi segreti sono sempre stati al sicuro con me.»

«Lo so,» dico guardando il vestito.

Yuki ha sempre custodito i miei segreti meglio ancora di me. Mi ha comprato il mio primo vestito prima che io l'avessi mai provato. Guardandolo, non sapevo cosa pensare. Mi sono sentito sia esposto che umiliato.

Ma la gioia che ha espresso quando l'ho provato è ciò che lo ha reso confortevole.

Ora, i miei abiti facevano parte di me come qualsiasi altro capo di vestiario. È il mio modo di esprimere chi sono. È stata la mia ribellione sotto il forte pollice di mio padre, e un modo di confondere i miei nemici. Come potevano rapportarsi con un tipo come me, sapendo che una parola sbagliata sarebbe stata l'ultima?

«Perché tuo marito sospetta suo fratello?»

«Pensa che sia stato suo padre a incaricarlo.»

«E tu ti unirai a loro per cena stasera?»

«Ho detto a Dante che sarò in grado di capire se è colpevole o no.»

«Hai acquisito un potere che non conosco?» mi chiede prendendomi in giro.

«Ho acquisito molti poteri,» rispondo scherzosamente. «Ora posso vedere attraverso i muri.»

«È una grande abilità.»

«Posso anche spostare il piattino senza toccarlo,» dico tenendoci le mani sopra, come se fossi in procinto di sollevarlo. «Solo che non voglio farlo ora,» dico rilassandomi in un rifiuto scherzoso.

Yuki mette la mano sulla bocca per nascondere una risata. Mi ha sempre reso felice far ridere mia sorella. Non è mai stato facile. Ma quando ci riesco, mi sento completo.

Trascorro il resto della giornata con mia sorella, la lascio promettendole che tornerò a trovarla. E ho davvero intenzione di farlo, nonostante tutti i suoi scoppi emotivi.

Chiamo l'assistente di Dante, l'elicottero arriva in tempo per permettermi di tornare a casa, farmi una doccia e prepararmi per la cena. So cosa indossare, ma non ho deciso il trucco. Che impressione vorrei fare sul mio nuovo fratello?

Deve sapere sicuramente che lo ucciderei se scoprissi che ha tentato qualcosa con Dante. Cosa potrebbe comunicare questo concetto? Gli occhi a gatto sono così fuori moda che bisogna essere pazzi per adottarli. E io sono così pazzo o andrei troppo oltre?

Decido su un fondo chiaro per avere un aspetto spettrale, sottolineo le mie sopracciglia già folte e scelgo un rossetto nero. Fa molto Grace Jones anni '80. Questo trucco comunica: non voltarmi le spalle perché sono abbastanza pazzo da fare sesso con O.J. Simpson.

«Che diavolo?» dice Dante quando venne a cambiarsi e a prendermi. «Sai che stiamo andando a cena con mio fratello, vero? Non gli piacerà per niente questo tuo look.»

Mentre Dante gesticola indicando ogni cosa di me, lo ignoro.

«Beh, lo scopo di stasera non è far sì che io gli piaccia. È scoprire se ha cercato di ammazzarti.»

«Sì, ma se non l'ha fatto, dovrai vederlo regolarmente. Matteo non è aperto di mente come me.»

«Allora dovrà imparare a esserlo, giusto?»

Dante sembra sconcertato. Non lo pensavo possibile, per qualcuno con così tanti tatuaggi.

Prendendomi la mano, dice: «Voglio che tu sappia che sei fottutamente fantastico adesso. Parlo sul serio. Amo ogni cosa di te. Ma quando si tratta della mia famiglia...»

«Quando si tratta dei membri del tuo branco, dovranno abituarsi.»

«Kuroi...»

«Mi stai chiedendo di pugnalarti di nuovo?»

Dante lascia andare la mia mano e fa un passo indietro.

«No!» Quando capisce che non lo farò, aggiunge: «Sto ancora guarendo dall'ultima volta.»

Ricordando quello che gli avevo fatto, mi fa sentire un po' in colpa.

«Ah, il mio povero amore,» dico avvicinandomi lentamente a lui.

Direttamente davanti a lui, faccio scorrere la mano sul suo fianco e con il pollice sfioro leggermente il punto in cui l'ho pugnalato. Posso sentire la pelle cucita. Il corpo di Dante è teso sotto di me, ma non si allontana.

«Non permetterò mai a nessuno di farti questo di nuovo,» gli dici guardandolo negli occhi.

«Ma sei stato tu a farlo. Intendi rifarlo?»

«Spero di no,» gli dico onestamente. «Voglio solo proteggerti.»

Dante sembrava meno rassicurato dalla mia risposta di quanto vorrei che fosse. Probabilmente perché non voglio mentirgli. Ancora non so cosa facessi quando dormivo. Dovrà essere pronto a difendersi se, in uno stato di delirio esausto, ci provassi ancora.

Non voglio davvero fargli male. Ma non sono sicuro di potermi fermare. Non posso mai essere degno di fiducia.

«Dovresti prepararti,» gli dico

Mi fissa prima di muoversi.

«Se stai buono stasera, forse ci sarà qualcosa che ti aspetta quando torniamo a casa.»

«Non fare promesse che non puoi mantenere,» rispondo flirtando.

«Puoi contare sulla mia parola. Sempre,» mi dice stringendomi il sedere.

Sentendo la sua grande mano, il mio uccello si irrigidisce. Cos'ha in mente? Mi è piaciuto tutto quello che mi ha fatto ieri notte. L'unico aspetto negativo è che non posso gustarmi anche il frustino.

«Mi comporterò bene,» dico premendo con il pollice dove l'ho pugnalato.

Lui sussulta, stringendo la presa sul mio sedere. Le sue dita si immergono in me quasi lacerando la mia carne. Mi ha male e mi piace.

Con la mano libera che salta sul mio polso per rimuoverlo dal suo fianco, faccio un'altra piccola stretta e poi lo lascio andare. Una volta che la mia mano si allontana da lui, si china e mi bacia. Non fu abbastanza lungo, ma mi ricorda i benefici del comportarsi bene.

Forse riuscirò a evitare di saltare al collo di Matteo per ucciderlo. Ho troppo da perdere se lo faccio. Mio marito sa già come controllarmi? Non so cosa pensare riguardo a questo.

Quando Dante mi lascia per prepararsi, rimango in soggiorno aspettandolo. Quando torna, è una sorpresa. Appare diverso. Tutto quello che indossa è praticamente il solito abbigliamento, ma la camicia elegante a bottoni è a strisce rosse, bianche e blu. È questo il mio marito rilassato? Forse sì.

Avviandomi verso l'ascensore, lo prendo sotto braccio e lui non resiste. Si raddrizza. Sembra che gli piaccia avermi al suo fianco. Non riesco a crederci, perché nessuno l'ha mai fatto. Anche il ragazzo che ho amato evitava di farsi vedere in pubblico con me.

Non fa parte del mondo che Dante e io condividiamo, quindi temeva per la sua vita. E non a torto. Semplicemente temeva le persone sbagliate. Avrebbe dovuto temere l'unica persona di cui si fidava. Quando si dice incapacità di giudicare.

Arrivando al ristorante, aspetto che Dante mi apra la portiera. Gli ci vuole un secondo per capirlo, ma alla fine ci arriva.

«Non aspettarti che lo faccia ogni volta,» mi informa mentre scendo.

Lo ignoro, aspetto che chiuda la portiera, e poi gli prendo il braccio. Di nuovo, si raddrizza e cammina più eretto.

Entrando nel ristorante, esamino la stanza.
Prendo nota delle uscite, poi esamino i clienti. C'era un mix di clientela, nessuno dei quali è asiatico o nero.

C'era una persona che ci guarda, però. È difficile non notarlo. Sembra una versione più bella di Dante. E se fossi single e in cerca di qualcuno da scopare stasera, avrei scelto lui.

«Tuo fratello è gay?» chiedo a Dante la cui attenzione scatta verso di me con sorpresa.

«Ma nemmeno per sogno,» dice con fiducia.

Guardo di nuovo l'uomo che ci osserva avvicinarci. Posso vedere le ruote girare nella sua testa. È confuso su come rispondere. Vederci lo disorienta, ed è un bene. Ora dovevo continuare.

«Sai chi sono?» chiedo a Matteo prima che Dante abbia la possibilità di parlare.

«Ho sentito molto parlare di te,» dice Matteo con un sorriso.

«Certamente bene, ne sono sicuro,» gli dico.

«Dipende. È vero quello che dicono?»

«E cosa dicono?» dice mentre la mascella mi si serra.

«Come mai voi due non aspettate di sedervi prima di fare una scenata?» dice Dante guardandomi turbato.

«Chi sta facendo una scenata?» chiedo, mentre Dante mi tira fuori la sedia.

«Voi due. E non andrà avanti così questa fottuta serata.»

Guardo Dante divertito.

«E come andrà avanti questa serata?»

Dante si siede.

«Prima di tutto, vi presento.»

«Allora avanti. Presentaci,» dico, tagliando corto di nuovo.

Dante si aggiusta sulla sedia.

«Kuroi, questo è mio fratello, Matteo. Matteo, questo è…, ehm»

«Suo marito,» intervengo di nuovo. «Sono suo marito,» dico allungandomi oltre il tavolo e stringendo la mano di Matteo. «Sembra che abbiamo qualcosa in comune,» gli dico con un sorriso.

«Sì? Cosa sarebbe?» chiede Matteo.

«Kuroi!» dice Dante leggendomi nel pensiero.

Mi volto verso Dante e cedo con un'alzata di spalle.

«Cosa abbiamo in comune?» chiede, i suoi occhi rimbalzando tra Dante e me.

«Me. Io sono ciò che avete in comune,» risponde Dante.

«Sì. Immagino di sì,» concorda Matteo, rilassandosi.

Mentre lo fisso, osservando ogni suo movimento, lui mi fissa a sua volta. È sicuramente gay.

«Quindi, tu sei il famoso demone ragno,» dice con un sorriso.

Ogni muscolo del mio corpo si tende sentendolo dire questo. Ho ucciso persone per molto meno.

«Tutti quelli con cui dormi muoiono, vero?» chiede Matteo divertito. «Dovrei preoccuparmi per mio fratello?»

«Cosa diavolo gli stai chiedendo?» interviene Dante.

«Sto chiedendo se voi due scopate,» dice francamente.

Rispondo, «Sono suo marito. Tu cosa dici?»

Matteo ricade indietro sulla sedia e ride.

«Di cosa stai ridendo? Sei geloso?» lo sfido.

«Forse. Cos'ha di così bello il tuo culo da far diventare gay mio fratello?»

«Attento alla tua fottuta bocca, Matteo.»

«Sto solo dicendo, ci dev'essere qualcosa di davvero buono là sotto, se ha potuto farlo diventare gay. Forse dovresti spargere l'amore,» dice Matteo gesticolando verso di me.

Ora Dante salta su, si sporge attraverso il tavolo, afferra un coltello e lo premette alla gola del fratello.

«Ho detto di stare attento alla tua fottuta bocca. Capisci?»

Non capendo cosa stesse succedendo, Matteo ride.

«Va bene. Ho capito. Starò attento a quello che dico.»

Quando Dante non si muove più, aggiungo: «Penso che abbia capito.»

«Ho capito, Dante. Ho capito,» dice alzando le mani.

Ci vogliono alcuni secondi, ma Dante si rilassa. Guardo le persone che si sono fermate a guardarci.

«Ha pensato che stesse soffocando,» dico a tutti quelli che ci guardavano. «Falso allarme. State tranquilli.»

Alla fine tutti tornarono al loro pasto e tutti al nostro tavolo si rilassano.

«Allora, ho sentito che sei stato tu a far sposare me e Dante,» chiedo focalizzandomi sul perché ci siamo riuniti a cena.

«E mi pare che voi due dovreste ringraziarmi,» dice orgoglioso.

«Pensa che tutto quello che succede tra me e Kuroi ti lascia fuori dai guai per le puttanate che hai fatto.»

«Sai perché l'ho fatto, Dante,» dice Matteo sulla difensiva.

«Perché l'hai fatto?» gli chiedo curioso.

Matteo si volta verso di me.

«Perché quel bastardo ha rovinato la sorellina del mio amico,» dice Matteo immediatamente arrabbiato.

«Rovinato in che senso?»

«Rovinato nel senso che ti meriti di essere ucciso,» spiega Matteo. «Dovresti saperne qualcosa a riguardo.»

«Quindi, se l'è meritato?»

«Praticamente me l'ha chiesto lui.»

«È per questo che hai sparato a Dante? Lo stava chiedendo anche lui?»

«Di cosa stai parlando? Chi ti avrebbe sparato?» chiede Matteo a suo fratello.

«Non fare il tonto. Sappiamo tutti che sei stato tu a sparargli,» continuo.

«Di che diavolo sta parlando, Dante?»

Dante, riluttante, si sporge in avanti con i gomiti sul tavolo e dice: «Credo che quello che Kuroi stia cercando di chiederti sia, dov'eri quando sono andato da Sato? Mi hai seguito fin là?»

«Seguirti fin là? Perché avrei dovuto seguirti?»

«Per spararmi quando sarei uscito.»

«Per spararti? Perché avrei dovuto cercare di spararti?» chiede confuso.

«Forse ti è stato ordinato di farlo,» suggerisce Dante.

Matteo fissa Dante senza rispondere.

«Papà non mi ha chiesto di eliminarti,» risponde sobriamente.

Percependo che c'è qualcosa in più dietro quelle parole, Dante chiede: «Cosa ti ha chiesto di fare?»

Matteo abbassa lo sguardo, incapace di mantenere il contatto visivo con nessuno di noi.

«Lo sai, non avresti dovuto escludere papà come hai fatto. Non gli piace.»

«Cosa ti ha chiesto di fare, Matteo?»

«Non mi ha chiesto di fare niente,» dice ancora, senza alzare lo sguardo.

«Parlami, Matteo,» chiede Dante. «Cosa non mi stai dicendo?»

«Semplicemente, papà mi ha chiesto di trattare la cosa come faresti tu.»

«Cosa significa?»

«Sai com'è papà. Non gli piacciono i cambiamenti. Ha sempre fatto le cose nello stesso modo da quando è nato. Sei entrato, hai fatto tutti questi cambiamenti, e lo hai escluso. Vuole rientrare.»

«Vuole sapere chi sosterresti se mi escludesse.»

«Mi ha chiesto come gestirei il branco se tu uscissi di scena.»

«Pensi che stia pianificando una mossa contro di me?» chiarisce Dante.

Matteo guarda suo fratello. «Penso che l'abbia già fatto.»

«In che senso?» Dante chiede concentrato.

«Lo Zio Vinny è tornato.»

Dante lentamente si lascia cadere sulla sedia sentendo quella notizia. Io guardo tra i due cercando di capire cosa sia succedendo.

«Chi è lo Zio Vinny?»

Matteo risponde, «È il fratello di nostro padre. Si dice che una volta abbia cercato di spodestare nostro padre per il branco, e che mio padre lo abbia esiliato per questo. Sono trent'anni che chiede di tornare negli Stati Uniti e nostro padre non glielo concedeva.»

«E pensi che il fatto che tuo padre lo abbia lasciato tornare abbia a che fare con un tentativo contro Dante?» chiarifico.

Matteo guarda Dante in cerca di conferma. «Perché cambiare idea ora dopo trent'anni?»

«Perché me lo stai dicendo? Potevi tenerlo nascosto,» chiede Dante a Matteo.

«Te lo dico perché sei mio fratello. Mi hai sempre coperto le spalle. Voglio che tu sappia ciò che succede. Siamo una famiglia. Non ci sarà mai niente che si metterà tra di noi, al di là di quanto sia stretto il culo di qualcuno.»

Dante volge la sua attenzione verso di me, aspettando la mia risposta. Per una volta, non so cosa dire.

Matteo stava dicendo a Dante che io non devo contare nulla per lui. Dante lo crede veramente? Conto qualcosa per lui o sono solo una distrazione? Forse tutto il mio trucco lo ha ingannato, facendogli credere di stare con una donna, ed è solo questione di tempo prima che si renda conto di chi sono davvero.

A causa di un cameriere spaventato che si avvicina al tavolo poco dopo, Dante non affronta ciò che Matteo ha suggerito. Ordiniamo invece pasta italiana e vino, e facciamo finta che Matteo non abbia detto niente di ciò che ha detto.

Balbettando qualcosa riguardo a un tatuatore di cui ha sentito parlare a Los Angeles, Matteo fatica a guardarmi negli occhi. Dopo cena, quando Dante si dirige in bagno, Matteo si rivolge a me.

«Non so cosa tu e Sato abbiate pianificato. Ma se tocchi un solo capello della testa di mio fratello, ti scortico come una capra.»

«Pensi di potermi fermare se avessimo davvero qualcosa in programma?»

«Che ne dici di fermarti adesso e così che io non mi debba più preoccupare'?»

Con la mano sotto il tavolo, sento il clic di sblocco della sicura della sua pistola.

Sapendo che non c'è nulla che possa fare per scappare a questa distanza, gli chiedo: «Pensi che Dante ti perdonerebbe mai se lo facessi?»

«Dante mi ha perdonato ogni genere di merdata. Cosa è una cosa in più?»

Per quanto non questa situazione non mi piaccia affatto, Matteo mi ha in pugno. Intrappolato dall'altra parte del tavolo, non ho modo di alzarmi prima che decida di sparare due colpi.

«Io non sono l'assassino di mio padre. E tu?»

«Forse Sato sa che non deve nemmeno chiederlo a te.»

Per quanto lo detesti, Matteo ha ragione. Ogni uomo con cui sono stato per più di una notte è morto. Se mio padre vuole vedere morto qualcuno, non deve far altro che farmi innamorare di lui. In un batter d'occhio sarebbe uscito di scena.

«Se ci credi davvero, allora spara,» gli dico rassegnato al mio destino. «Forza. Fallo.»

«Cosa sta succedendo?» chiede Dante, tornando al tavolo con Matteo e me che ci guardiamo freddamente.

Il braccio di Matteo, che tiene la pistola, si ritira.

«Stavo solo dando il benvenuto al mio nuovo cognato in famiglia.»

«Davvero?» mi chiede Dante.

«Non mi sono mai sentito più a casa mia,» dico, senza staccare gli occhi da Matteo.

Per quanto non voglia ammetterlo, Matteo mi ha toccato nel profondo.

«Non penso che ti abbia sparato lui,» dico a Dante nel viaggio in macchina di ritorno a casa.

«Neanch'io. E se quello che ha detto su Zio Vinny è vero, ed è tornato, abbiamo un altro problema.»

«Sembra di sì,» concordo.

«Stai bene, Kuroi? Sei stato silenzioso da quando sono tornato dal bagno,» chiede dopo che ho continuato a non riuscire a guardarlo negli occhi.

«Sto bene.»

«Non sembri affatto stare bene.»

«Sono stanco.»

«Sei troppo stanco per raccogliere la tua ricompensa per essere stato bravo stasera?»

Mi giro per vedere il sorrisetto sul suo bel volto.

«Sì. Forse un'altra notte.»

«Oh. Sì, certo,» dice rapidamente ritirandosi.

Volevo spiegargli che è una cattiva idea lasciarmi avvicinare a lui. Non sono degno di fiducia. Deve saperlo. Se arrivassi ad innamorarmi di lui, finirebbe morto. Sono il demone ragno. Non potrò essere altro nella mia vita.

Parcheggiando, saliamo con l'ascensore a casa nostra. Non ci tocchiamo. Quando le porte si aprono, mi avvio verso la camera degli ospiti.

«Dove vai?» mi chiede mentre attraversavo la stanza.

«A dormire.»

«Non vieni con me?»

«Forse non è una grande idea.»

«Se Matteo ti ha detto qualcosa, giuro su Dio, gli spezzerò il collo.»

Mi giro sperando di calmarlo.

«Non mi ha detto nulla che non sia vero.»

«Lo ammazzerò.»

«No, Dante. Lui non ne ha colpa. Sono io. Non voglio ferirti.»

«Ne hai già avuto la possibilità. Non l'hai fatto. Non mi farai del male.»

«Non lo sai. E il motivo per cui non lo sai è perché non lo so nemmeno io.»

«Kuroi,» dice Dante avvicinandosi a me e circondando i miei bicipiti con le sue grandi mani.

«No, Dante. Io uccido le persone.»

«Non ucciderai me.»

«Uccido le persone che amo. Non devo amarti. Lasciami andare, Dante,» gli dico sobriamente.

Dante lascia andare le mie braccia e io mi allontano. Quando sono solo nella camera degli ospiti con la porta chiusa, mi siedo sul letto, abbasso il viso tra le mani e piango.

Capitolo 10

Dante

Ucciderei Matteo per quello che ha detto a Kuroi. Fino a quando sono andato in bagno, tutto era andato bene. Sì, ho scoperto che mio padre ha invitato il suo perfido fratello per uccidermi. Ma Matteo e Kuroi stavano andando d'accordo.

Che cosa può avergli detto Matteo? Non ho mai visto Kuroi così. Era come se fosse un'altra persona. Voglio che torni il Kuroi che conoscevo.

Certo che tutto ciò di cui ha bisogno sia una buona notte di sonno, mi dirigo verso la mia stanza per andare a letto. Ricordando la sensazione di Kuroi tra le mie braccia, non riesco a dormire. Al mattino, ho dormito al massimo tre ore. E quando torno in soggiorno e trovo la porta della camera degli ospiti ancora chiusa, non so cosa fare.

«Sei sveglio?» chiedo bussando alla sua porta. «Kuroi?»

«Cosa?» sento rispondere da dentro.

«Ho bisogno del tuo aiuto. Posso entrare?»

«È casa tua,» dice, lasciandomi un po' male.

Entrando, trovo ciò che ha indossato la notte prima sul pavimento, mentre i suoi cuscini sono macchiati di trucco. Non conosco Kuroi da molto, ma questo non sembra da lui. Guardandolo mentre affonda la faccia nel cuscino, dico, «Avrei bisogno della tua esperienza oggi.»

«Di cosa si tratta?»

«Devo trovare mio zio Vinny. Se è in città, avrò bisogno di un po' di supporto.»

«Perché non chiedi a Matteo?»

«Non mi fido di Matteo per questa faccenda. Mi fido di te.»

«Non dovresti.»

«Come hai detto tu, uccidi persone. E se si tratta di questo, ho bisogno di qualcuno che non esiti per lealtà familiare.»

Quello che ho detto è vero, giusto? Lo zio Vinny è un membro della famiglia, anche se non era un membro del nostro branco. Sia Matteo che Lorenzo potrebbero esitare se le cose andassero storte. Kuroi no. È davvero l'unica persona di cui posso fidarmi per coprirmi le spalle.

«Andiamo, Kuroi, ho bisogno di te.»

Kuroi si gira a guardarmi.

«Parlo sul serio. Sei l'unico di cui posso fidarmi per questo,» gli dico sinceramente.

Kuroi abbassa lo sguardo, si asciuga il viso sul cuscino e poi si alza.

«Va bene. Dammi qualche minuto per vestirmi.»

Tornando in soggiorno, capisco cosa intenda mio marito con «qualche minuto». Quaranta minuti dopo, emerge sembrando più se stesso.

«Ci hai messo una vita,» dico senza riuscire a nascondere quanto sia infastidito.

«Volevi il mio aiuto, no? Dovevo mettermi in sesto.»

Parla come se la persona che conosco come Kuroi sia solo una maschera che indossa. È così? Quanto conosco davvero di Kuroi? Quanto posso sapere di lui? Non lo conosco da così tanto.

«Caffè? Ho preparato una caffettiera,» gli dico mentre prendo la mia tazza.

Kuroi versa il caffè in una tazza da viaggio e usciamo.

«Allora, qual è il piano?» Mi chiede durante il viaggio verso l'ufficio.

«Ci incontriamo con Lorenzo.»

«Sei sicuro di poterti fidare di lui?»

«Se non posso, siamo nei guai seri. Perché lui sa tutto.»

«Tutto?» Kuroi mi chiede in modo allusivo.

«Beh, ci sono alcune cose che non sa. Ma sa parecchio.»

Kuroi non risponde. Non riesco a capire cosa stia pensando, ma più parliamo, più il mio Kuroi riemerge. Aspetta, quando ho iniziato a pensare a lui come 'Il mio Kuroi'?

È quello che è, però è mio. E se qualcuno cercasse di mettersi tra noi come ha fatto Matteo, dovrebbe affrontare me. Mio fratello dovrà impararlo. Ma prima, dovremo affrontare mio padre e il suo tentativo di sbarazzarsi di me.

Arrivando in ufficio più tardi del solito, trovo Lorenzo già lì. Seduto sulla sedia di fronte alla mia scrivania, manda un doppio colpo d'occhio quando entro con Kuroi. Con gli occhi fissi su Kuroi, mi chiede, «Com'è andata ieri sera con Matteo?»

Mentre mi sistemo dietro la mia scrivania, Kuroi si siede sulla poltrona accanto alla finestra. Anche se indossa un abito da uomo, noto i suoi tacchi quando mette i piedi sul tavolino. Sembravano stivali alti fino alla coscia che lo fanno sembrare alto dieci centimetri in più.

«È stato molto educativo,» dico a Lorenzo controllando il mio calendario per la giornata.
«Non lasciarmi con il fiato sospeso. È stato lui a spararti?»
«Non credo sia stato lui.»
«Allora chi può essere stato?»
«Sai che lo zio Vinny è in città?» dico osservando attentamente Lorenzo per scoprire eventuali segni di inganno.
«Lo zio Vinny?» chiede Lorenzo sorpreso. «Da quando?»
«Non lo so. Ma se è tornato, ci deve essere un motivo. È

sempre stato persona non gradita da papà per tutta la nostra vita. Ora papà è incazzato con me perché mi sono sposato e lo zio Vinny è tornato?»

«Brutta storia,» dice Lorenzo realizzando…

«È quello che pensa anche Matteo.»

«Quindi, cosa farai?»

«Dobbiamo trovarlo e capire perché è qui.»

«E se è qui per fare il lavoro sporco di papà?»

«Lo elimineremo.»

«Noi?» chiede Lorenzo perdendo un po' di colore dal viso. Per quanto Lorenzo sia un tipo pericoloso, il suo lupo non ha mai ucciso nessuno. C'è una parte di me a cui piace. Avere del sangue sulle mani non è un distintivo d'onore. Talvolta è un male necessario.

Se potessi proteggere mio fratello minore da questo, lo farei. È il minimo che possa fare. Crescendo come siamo cresciuti noi, certe cose sono inevitabili. La preda deve sapere come sopravvivere tra i predatori. Ma guardare mentre la luce si spegne negli occhi di qualcuno non è qualcosa che Lorenzo deve sperimentare.

«Kuroi e io,» chiarifico.

«Tu e Kuroi?» dice guardando di nuovo verso mio marito.

«Sì. Questa è una questione di famiglia e la voglio tenere in famiglia,» dico inviando un messaggio a Lorenzo spiegando cos'è Kuroi per me.

«Capito. Quindi, sai per certo che è in città?»

«Non siamo ancora arrivati a tanto,» spiego.

«Posso scoprirlo,» dice Kuroi, sorprendendomi.

«Tu? Come? Non sai niente di lui,» chiedo a mio marito, mortalmente calmo.

«Non ne ho bisogno. Tutto ciò che mi serve è il suo nome. Qual è?»

«Vincent Ricco.»

«Dammi fino alla fine della giornata,» dice Kuroi prima di alzarsi e uscire.

Quando se ne va, Lorenzo si gira verso di me e abbassa la voce.

«Sei sicuro di poterti fidare di lui, Dante?»

«Chi, di Kuroi?»

«Di chi altro?» sbotta.

Lo fisso, non mi piace quel suo alzare la voce.

«Scusa, Dante. Ma sì, Kuroi. Pensa a questo. Lo chiamano il demone ragno. Tutti quelli con cui è stato sono morti. Tutti!»

«È un'altra cosa. Non voglio sentirne più parlare di quella cazzata del demone ragno.»

«Non vuoi più sentirne parlare? Dante, l'hai sposato e immediatamente hai quasi perso la vita. Pensi che sia una coincidenza?»

«Credi che sposare Kuroi abbia fatto arrabbiare papà al punto da volermi uccidere?»

«Ma è questo il problema. Supponiamo che sia stato Matteo a spararti. Come è successo?»

«Cosa intendi?»

Lorenzo si alza e inizia a camminare per la stanza riflettendo.

«Va bene, stai dicendo che quando siamo andati lì, il tuo piano era di convincere Sato a fare un passo indietro dall'accordo, giusto?»

«Giusto.»

«Quindi, non c'era modo che potessi sapere che aveva intenzione di sposarti proprio lì. E se non lo sapevi, anche papà sicuramente non lo sapeva. Quindi, perché avrebbe dovuto far seguire Matteo con un fucile da cecchino nel caso in cui avessi fatto qualcosa che lo facesse arrabbiare?»

«Non lo so. Nostro padre è uno stronzo,» spiego.

«È uno stronzo. Ma qual è il motivo per cui hai dovuto prendere il controllo degli affari?»

«Perché non è strategico,» realizzo.

«Esattamente. E non richiederebbe un po' di pensiero strategico essere così avanti? Potrei farlo io. Potresti farlo tu. Ma papà e Matteo…?»

Devo ammettere che Lorenzo ha ragione. Sto dando a papà molto più credito di quanto meriti. Sì, Matteo potrebbe essere l'unico capace di assestare un colpo come quello. Ma perché avrebbe dovuto essere lì per farlo?

«Stai suggerendo che mi sono inventato di essere stato colpito?»

«Non sto dicendo che hai inventato tutto. Ma, se quella sensazione al collo non è ciò che pensi che sia?»

«Cos'altro potrebbe essere?»

«Potrebbe essere qualcosa di legato ai nervi. Potrebbe essere un dolore fantasma. Io ne ho sempre. Senza motivo, qualcosa fa male, poi passa.»

«Quindi pensi che fosse tutto nella mia testa?»

«Quello che sto dicendo è che la spiegazione più ovvia è di solito quella corretta. C'è solo una persona in grado di sferrare un colpo di quel tipo e lui non aveva motivo di essere lì. Questo dice che il bacio del demone ragno à la causa più probabile del tuo incidente.»

«Ti ho detto di smetterla con questa cazzata del demone ragno.»

«Allora dammi un'altra spiegazione. Sei lì. Lui ti bacia. Meno di cinque minuti dopo stai guidando contro un albero. Cos'altro potrebbe essere successo?»

Rivolgo la mia attenzione fuori dalla finestra sapendo che c'è un'altra possibilità.

«Che cos'è?» chiede Lorenzo, sempre perspicace.

«Quando ero in ospedale, la dottoressa, la dottoressa di Sato aggiungo, aveva questa idea assurda che potesse essere qualcos'altro.»

Lorenzo inclina la testa come un cane che sente qualcosa che non aveva mai sentito prima.

«La dottoressa ha ipotizzato che non fosse un attacco alla mia vita. Pensava che fosse…» mi fermo, cercando di pensare a un motivo per cui non dovrei dirlo. Non riuscendo a trovarne uno, lo dico «Un attacco di panico.»

Lorenzo mi fissa senza parole. Posso vedere la sua mente al lavoro.

«No,» conclude con la stessa sicurezza con cui aveva detto qualsiasi altra cosa.

«Ed è quello che ho detto. Ovviamente non era un attacco di panico. Non mi capitano attacchi di panico del cazzo.»

«Non ti capitano.»

Lo fisso, ammirando la sua fiducia incrollabile in me.

«Giusto. Ma, come fai a saperlo?» chiedo curioso.

«Cosa intendi, come? Ti conosco.»

«Non sai tutto di me.»

«Stai parlando del fatto che a volte scopi con dei ragazzi?»

«Guarda di non esagerare con le parole,» risponde, tornando alla mia risposta precedente.

«Hai sposato un cazzo di uomo. Penso che tu possa ammettere di aver scopato dei ragazzi prima. No? Pensi che io non l'abbia mai fatto? Pensi che Matteo non l'abbia mai fatto?»

«Cosa?» chiedo sbalordito.

«Tutto quello che sto dicendo è, ti conosco. Anche quando pensavi che io non lo sapessi, lo sapevo. E ti dico, non è stato un attacco di panico.»

Mi siedo sbalordito. Per anni ho nascosto quello che facevo. Da quanto tempo lo sa? Chi altri lo sa?

«A chi altro l'hai detto?» chiedo vergognandomi.

«Cosa? Quello che fai nella privacy della tua camera da letto che non ha nulla a che fare con la famiglia o con qualsiasi altra cosa.»

«Sì. Sembra che tu non abbia avuto problemi a dirmi di Matteo.»

«Ti ho anche detto di me stesso. Non vuoi chiedermi di quello?»

«Il ragazzo nel corridoio quella sera, quando sono venuto a trovarti. Veniva dalla tua parte. È per questo che avevi cibo per due persone.»

Lorenzo annuisce.

«Da quanto tempo stai con lui?»

«Non dà molto. Non lo definirei nulla di serio. Il nostro mondo è troppo da sopportare per qualcuno che non ha idea di cosa stia per affrontare.»

«Allora lo capisci.»

«Intendi, perché non vedi che è Kuroi che tenta di ucciderti?»

«No, voglio dire, perché non è Kuroi. Pensaci. Quello che senti è ciò che lui sente. Non è un cazzo di mostro. Capisco il suo mondo. Dannazione, ne faccio parte. Perché dovrebbe cercare di uccidere l'unico uomo che lo capisce?»

«Perché è nella sua natura. I demoni ragno non uccidono perché vogliono. Lo fanno per sopravvivere. Chi lo sa, forse ti ama. Ma questo non lo fermerà dal mangiarti dopo che avrà avuto ciò di cui ha bisogno.»

Capitolo 11

Kuroi

Quando non riesci a uscire dalla tua testa, immergiti nel lavoro. Non so chi l'abbia detto, ma qui lo rivendico come pensiero di Kuroi.

Non mi aspettavo che Dante mi svegliasse stamattina. Pensavo di accontentarlo lasciando la sua stanza. Non è questo l'accordo che abbiamo fatto? Ovvero che sarei stato nella sua stanza solo poche volte a settimana?

Ci ho dormito per un paio di notti di fila. Non desidererà che gli lasci un po' di spazio? Se lo desidera davvero, perché non è andato al lavoro stamattina?

Inoltre, mi aveva praticamente bandito dal suo ufficio e stamattina mi ha invitato a unirmi a lui. Deve essere il suo modo di sfidare la morte. Quindi, se finisse dovesse morire adesso, non l'avrebbe chiesto lui stesso? Invece di lasciare che il mio cervello privo di sonno si perda in questi pensieri, faccio quello che so fare meglio. C'è qualcuno da cercare. Ho già trovato altre persone prima. L'organizzazione di mio padre è particolarmente attrezzata per questo e io ho pieno accesso ad essa.

La mia prima tappa è dalla donna che la Yakuza ha arricchito per i suoi servizi. Il punto d'appoggio che l'organizzazione di mio padre è stata in grado di assicurarsi a New York per l'importazione di eroina. Sembra una cosa pericolosa ed eccitante, ma in realtà è piuttosto noiosa.

Noi non siamo responsabili della coltivazione o della raffinazione. Non trasportiamo nemmeno l'eroina dall'Afghanistan all'aeroporto afghano. Ci limitiamo a caricarla sugli aerei cargo e a farla passare attraverso la dogana negli Stati Uniti. Una volta dentro, la indirizziamo ai distributori locali che sono felici di avere i nostri servizi.

I coltivatori e i trasportatori ci considerano i loro grossisti. I distributori ci vedono come la loro banca. Estendiamo linee di credito a coloro che non possono pagare subito e loro hanno un tempo stabilito per il rimborso. Che differenza c'è tra questo e l'importazione di tappeti? Ciò significa che l'organizzazione di mio padre ha due specializzazioni, instradare denaro e superare la dogana. Abbiamo dozzine di persone su cui possiamo contare per ogni operazione. La persona con le informazioni di cui avrei avuto bisogno oggi è il nostro capo specialista della dogana.

Che si tratti di prodotti o persone, lei può farli passare attraverso la dogana degli Stati Uniti. Non è l'unica persona nella sua posizione a cui abbiamo accesso, ma è la migliore. Non solo può spianare la strada attraverso i posti di blocco per scoprire tutto ciò di cui abbiamo bisogno, ma ha anche accesso al database nazionale di tutto e di tutti quelli che entrano o escono dal paese.

«Vincent Ricci,» le dico, seduto di fronte a lei nel suo ufficio all'aeroporto.

Mi piace trattare con lei. A differenza di tanti altri, non ha paura. Mi è stato detto che è cresciuta nelle linee della metropolitana abbandonate sotto New York City. È una talpa umana.

Posso solo immaginare cosa abbia visto da bambina. Ma è stata abbastanza motivata da tirare fuori le unghie e non dover mai più vivere in quel modo. Per quanto mio padre possa dire, non spende nemmeno quello che le paghiamo. Probabilmente si tiene tutto da parte per sicurezza.

Per noi va bene. Gli acquisti importanti sono come le persone nella sua posizione, venivano scoperte. Fatti una coperta di sicurezza con i contanti, per quanto ci riguarda. Noi abbia solo bisogno di risultati e lei ce li dà.

«In partenza o in arrivo?» chiede fissandomi con i suoi vacui occhi da talpa umana.

«In arrivo. Pensiamo che sia già qui.»

«Per quanto tempo?»

«Non lo sappiamo. Forse qualche giorno.»

Lei annuisce e si perde nei dati che lampeggiano sullo schermo.

«La ricerca richiederà un po'.»

«Devo aspettare?»

«Preferirei di no. Sono sorpresa che tuo padre abbia autorizzato la tua presenza qui. La tua presenza potrebbe suscitare domande.»

«Fai solo la ricerca,» esclamo sapendo che ha ragione. Attiro l'attenzione su di me e sono anche facile da ricordare. L'ultima cosa di cui mio padre ha bisogno è che qualcuno mi riconosca come suo figlio e si chieda perché sia qui a parlare con chi sto parlando.

Un'ora dopo, lei chiede, «Vincent Ricci arrivato dall'Italia, da Roma, due giorni fa?»

«Sembra di sì. Dice dove alloggerà durante il suo soggiorno a New York?»

Con qualche colpo di tasti in più, trova la risposta.

«Puoi scrivermelo?» le chiedo, ricevendo poi il tutto su un foglietto. «Grazie.»

Mentre mi alzavo, lei mi ferma.

«Mio fratello non merita quello che ha avuto.»

Fermandomi, la guardo confuso. «Tuo fratello?»

«Ricci,» dice riferendosi al nome che ha scritto. «Matteo Ricci ha ucciso mio fratello. Non lo meritava.»

Non ho fatto il collegamento. Suo fratello è l'uomo che Matteo ha ucciso trascinandolo dietro la sua auto nel territorio della Yakuza.

«Non lo meritava,» concordo con lei.

«Dicono che sia impazzito per quella ragazza italiana, ma non è stata un'idea sua.»

«Cosa intendi?»

«Qualcuno gli ha detto di farlo. O, almeno, gli ha messo in testa l'idea.»

«Come fai a saperlo?» chiedo improvvisamente incuriosito.

«Me l'ha detto prima di…» si ferma, incapace di riconoscere che suo fratello non c'è più. «Non ha detto chi, ma qualcuno gli ha detto che a lei piaceva farlo in maniera rude.»

«Secondo ciò che ho sentito doveva piacerle in maniera rude.»

«Mio fratello era un tipo che si lasciava andare. Ma ti assicuro che non è stata una sua idea. Non sapeva neanche chi fosse finché qualcuno non gli ha sussurrato all'orecchio. Ora è morto. Ricci deve pagare per quello che ha fatto.»

Sapeva che mio padre ha risolto il debito Ricci sposandomi con Dante? Doveva saperlo. Chi nell'organizzazione non lo sa? Ciò significava che sta mettendo in dubbio il giudizio di mio padre riguardo al fatto che il mio matrimonio sia sufficiente.

«Davvero non hai paura?»

«Di cosa dovrei avere paura?»

«Di me,» le dico prima di uscire dal suo ufficio e

chiudere la porta alle mie spalle.

Avevo preso un taxi per arrivare in aeroporto, così ne prendo un altro per tornare in città. Guardando l'indirizzo mentre arriviamo, mi chiedo cosa avrei dovuto farci.

Matteo crede che Vincent Ricci sia in città per uccidere Dante. Se ciò fosse vero, dovrebbe prendere una bella lezione. Ma è vero? Non conosco Matteo, quindi non so se quello che dice possa essere affidabile.

Mi ha puntato una pistola contro. Se era disposto a uccidermi per salvare suo fratello, questo è sicuramente un vantaggio ai miei occhi. Avrei fatto anch'io la stessa cosa, solo che Matteo non se ne accorgerebbe.

Reindirizzando il taxi all'indirizzo sul foglietto, ci fermiamo in un quartiere italiano del Bronx, è il tipo di posto in cui immagino che Dante sia cresciuto. Le strade sono fiancheggiate da modeste case a due piani con giardini piccoli come cartoline. E ce ne sono alcuni con ragazzi che indossano canotte bianche e catene d'oro.

La casa all'indirizzo che Vincent Ricci ha messo sul suo modulo d'immigrazione ha l'aspetto di tutte le altre case del quartiere. Non ha specificato con chi avrebbe soggiornato. Ma se è qui, quella persona ci vive da un po'.

Potrebbe essere la sorella di Vincent? Dante ha mai parlato di avere una zia? Non lo so, ma gli italiani sono famosi per avere grandi famiglie. Suo padre deve avere più fratelli. Dante credo abbia quattro fratelli. Per suo padre sarà certamente la stessa cosa.

Come deve essere crescere in una famiglia come quella di Dante? Non so molto di lui prima del nostro matrimonio, ma i Ricci sono una famiglia mafiosa prominente a New York. Tutti li conoscono. Dante è il figlio maggiore più rispettato. Matteo è il pazzo. E gli altri si tengono lontani dai riflettori.

Io ho sempre pensato che sarei finito con Matteo. Dante ha ragione, però. Dieci minuti da soli e ci saremmo uccisi a vicenda. Ci siamo andati vicini. Ma guardando negli occhi di Matteo, vedo sempre il bisessuale pazzo che si voltava a guardarmi. Lui è il tipo da inchiodarti al letto e scoparti fino a farti perdere la sensibilità nelle gambe. Certo, potrebbe anche uccidermi per aver suggerito che sia gay. Quindi...

Potrebbe essere quello che è successo con il fratello del capo specialista della dogana? Non dubito che sia iniziato tutto con Matteo che la affrontava per quello che è successo con la sorella del suo amico. Ma nessuno può arrivare a pensare questo di con un uomo rispettato.

E, comunque, avrebbe potuto solamente ucciderlo. Invece, l'ha trascinato dietro la sua auto fino alla morte. Poi l'ha strisciato fin davanti a mio padre. Cosa può provocare un livello di follia del genere, oltre al panico gay?

Il timore che qualcuno bisbigliasse qualcosa alle orecchie del fratello? Cosa significa? Se è vero, chi potrebbe aver suggerito una cosa del genere? E perché? Poteva immaginare la tempesta di fuoco che avrebbe scatenato.

Mentre sta pensando a tutto ciò, un anziano italiano discende dalle scale dell'edificio in mattoni che stavo guardando. È più fragile di quanto immaginassi per essere lo zio di Dante. Assomiglia a Lorenzo. E, vestito con un completo beige che non attirerebbe l'attenzione di nessuno, si avvia sul marciapiede con un sorriso sul viso e il passo veloce.

Questo deve essere Vincent Ricci. Ne sono sicuro.

Sentendomi tranquillo, invio un messaggio a Dante sulla via di casa.

«Mi sono comportato bene. Credo di meritare una ricompensa stasera,» scrivo con la pelle che tremola aspettando una risposta.

«Davvero? Ah, ah. Hai scoperto qualcosa su Zio Vinny?»

«Prima la ricompensa, poi le risposte.»

Fa una pausa prima di rispondere,

«Cosa vuoi?»

«Sai cosa voglio.»

Considero di rispondere con un emoji ammiccante, ma non sono in quinta elementare quindi non lo faccio. Lui, invece, risponde con due emoji, un paddle di cuoio e una mano aperta. Il testo che segue diceva, «Scegli uno di questi».

Il calore si diffonde nel mio corpo e il mio cuore batte all'impazzata.

«Entrambi,» rispondo.

«Scegline uno».

Gli mando un'emoji con la faccina che piange.

«Oh, lo farai. Scegline uno.»

Il mio cazzo si indurisce così tanto da farmi male. Come devo scegliere tra i due? Voglio tutto quello che ha da darmi.

«Hai detto che se sono bravo, posso avere entrambi,» protesto.

«SCEGLINE UNO,» risponde di nuovo.

«Sì, signore,» scrivo scivolando dalla mia modalità di ragazzo ribelle a quella di obbediente sottomesso. Ancora non so quale voglio. L'idea della sua grande mano nuda che mi colpisce il culo mi fa cedere le ginocchia. Ma immaginare il suono mentre il paddle di cuoio schiocca sul mio sedere…

Rispondo con l'emoji del paddle.

«Sarò a casa alle 18:30. Tu sarai pronto e farai quello che ti dico.»

La mia mente gira con l'anticipazione di cosa succederà dopo. Andrò a casa un'ora prima di lui. Ho tempo per prepararmi. Ma come?

Correndo verso l'armadio nella stanza degli ospiti, dove tengo i miei vestiti, frugo tra tutto finché una cosa non attira la mia attenzione. E' un mantello lungo fino al pavimento che ho comprato in un momento particolarmente drammatico. Disegnato per circondare completamente chi lo indossa, cosa può comunicare meglio il concetto di sottomesso obbediente se non vestirsi come un prete cattolico?

Decido di indossarlo senza niente sotto e di aprirlo dietro, restava solo il mio look capelli e trucco. Guardandomi allo da specchio vedo che ho molto da lavorare, tutto quello che vedo è il diavolo. Ma sono fuori tema. Ho bisogno di sembrare l'alunno di una scuola cattolica o qualcosa di simile.

Mancano solo quaranta minuti al calar della sera, faccio una doccia e mi lavo i capelli. Mi viene un'idea. Dante non mi ha mai visto con i capelli lisci tirati all'indietro. Con questa pettinatura sembro proprio un giapponese. Potrei essere più obbediente e sottomesso?

Con il gel faccio scomparire anche l'ultimo ricciolo. Successivamente, applico il mascara finché i miei occhi tondi non si trasformarono in occhi a mandorla e le pieghe delle mie palpebre svaniscono. Non sono preparato a vedere la mia immagine nello specchio.

Kuroi non c'è più. Davanti a me c'era il ragazzo che mio padre avrebbe voluto, se non fosse stato per la negritudine di mia madre. Mio padre avrebbe amato questa versione di me? Avrebbe dato questo figlio ai suoi partner d'affari da usare e scartare?

Non lo saprò mai, perché non sarei stato io. Ma stasera posso fingere. E il ragazzo che mi guarda dallo specchio si vergogna di tutte le cose cattive che ha fatto.

Vuole essere punito. Ha un bisogno disperato di purificare la sua anima per poter essere di nuovo buono. Vuole con tutta l'anima essere buono.

Vengo distolto dai miei pensieri dall'apertura delle porte dell'ascensore, mi giro verso la porta della camera e sentendo il petto serrarsi. Non sono io a uscire per incontrare Dante. È Shiro. So come la pensa Shiro pensava ed è l'opposto di me.

Lasciando lo specchio per il trucco, mi aggiusto il mantello intorno e mi avvicino alla porta chiusa della camera.

«Kuroi?» chiama Dante con voce severa.

Respiro e apro la porta.

«Kuroi non c'è. Ha mandato me a prendere la sua punizione.»

Gli occhi di Dante si spalancarono vedendomi. Sembrava confuso ma solo per un momento.

«L'hai accettato, perché Kuroi ha molte cose che gli aspettano?» chiede Dante inclinando il paddle che tiene in mano.

Oltre il manico, c'è un piede largo e lungo, tutto coperto di cuoio. Vedendolo, le mie palle formicolavano. Il mio respiro si blocca.

«Sì, signore.»

«Ti prenderai la sua punizione per lui?»

«Mi prenderò tutto ciò che gli spetta,» dice Shiro chinando la testa.

Con la testa bassa, non riesco a vedere cosa stia facendo Dante.

«Kuroi ti ha detto che devi fare tutto ciò che ti dico?»

«Sì, signore. Devo fare ciò che mi dici.»

«Qual è la nostra parola d'ordine?»

«Ciliegie.»

«Alzati,» ordina.

Lo faccio. Incontrando i suoi occhi, trovo in essi una scintilla che non ho mai visto prima. Non so che cosa pensare. So solo che non mi basta.

«Dov'è il tuo telefono?»

«Il mio telefono?» chiedo colto di sorpresa.

«O certo, il telefono di Kuroi. Dov'è?»

«È...» guardo alla camera degli ospiti, chiedendomi se l'ho lasciato nella tasca dei miei pantaloni. «Di là.»

«Prendilo.»

Non sapendo dove voglia andare a parare, faccio quanto mi è stato detto. Facendo piccoli passi come fanno i monaci nei vecchi film di kung fu, prendo il mio telefono e torno. Dante scruta la stanza.

«Appoggialo sul piano della cucina. Verticale,» mi ordina. Seguendo le sue istruzioni, lo appoggio contro il cesto di frutta emozionato dal fatto che voglia registrare tutto.

«Adesso, chinati in modo da riempire lo schermo col tuo viso.»

«Cosa?»

«Cosa hai detto?» chiede Dante innervosito.

«Cosa, signore?»

Si calma.

«Mi hai sentito.» Ripete lentamente. «Chinati in modo che il tuo viso riempia lo schermo.»

Fisso Dante non sapendo cosa stia succedendo. Il mio cuore martellante batte contro il mio petto. Il terrore striscia nei miei pensieri, ma faccio come ha detto. Con gli avambracci sul piano e la pancia appoggiata al bordo, il mio mantello si apre rivelando il mio sedere. Avvicinandosi da dietro, strofina leggermente il cuoio contro la mia pelle nuda. Penso che sia sul punto di lasciarsi andare quando dice, «Ora, fai una videochiamata a tua sorella,» dice con voce scura e bassa.

Rimango scioccato. Non può dire sul serio. Non sono Kuroi. Sono Shiro. E Yuki non sa nulla di questo lato di me. È ingenua e innocente. Non posso chiamarla così.

«Ho detto di chiamare la sorella di Kuroi! Conosci il numero, giusto?»

«Sì, signore,» rispondo imbarazzato per Shiro.

«Kuroi ti ha detto che dovrai fare qualsiasi cosa, giusto?»

«Sì, signore.»

«Allora fa' come dico e chiama Yuki adesso.»

Non so cosa sta succedendo, ma lo faccio. Mi allungo, chiamo Yuki e prego che non risponda.

«Pronto?» dice lei prima di sobbalzare alla vista di Shiro sullo schermo.

«Ciao, mi chiamo Shiro e mi è stato detto di chiamarti.»

Appena lo dico, sento il paddle colpire il mio sedere nudo più forte di quanto potessi mai immaginare. Il suono è assordante. Sentendolo, Yuki reagisce inorridita.

Rimango scioccato da quello che sta accadendo. Sono imbarazzato. In tutti gli anni in cui ho fatto questo tipo di giochi, non ho mai provato nulla di simile. Ma prima che possa reagire, sento di nuovo il paddle.

Sentendo il secondo colpo, questa volta Yuki si calma. Ritorna al suo stoicismo.

«Ti stanno punendo, Shiro?» chiede come se mi stesse chiedendo cosa ho mangiato a colazione.

«Sì, signora.   È così.»

Dante fa partire un altro colpo. Il dolore è così intenso che le mie gambe ballavano. Eppure, il mio viso non lascia lo schermo.

«Non chiudere gli occhi. Guardami,» ordina, come se facesse parte del gioco.

Faccio quanto mi viene detto.

«Bene. Ora, obbedisci...»

Un altro colpo.

«Sarai sottomesso...»

Un altro colpo.

«E farai ciò che ti viene detto.»

Un altro colpo.

«Sì, signora.»

«E che non succeda più,» dice, chiudendo la chiamata.

Appena lo fa, Dante si piega su di me premendo il suo corpo vestito contro il mio. Sentendo il suo grosso uccello duro premuto contro il mio fianco, e il paddle appoggiato sulla parte posteriore della mia gamba, sussurra qualcosa nel mio orecchio.

«Sarai il mio bravo ragazzo, vero?»

Il rombo della sua voce bassa mi manda i brividi. Avrei dovuto essere arrabbiato con lui. Mi ha umiliato davanti a mia sorella. Ma tutto ciò che posso fare è bramare il suo uccello nel mio culo.

«Sì, signore!» canto.

«Dillo più forte.»

«Sì, signore! Sarò un bravo ragazzo d'ora in poi!»

Riesco a sentire i suoi denti mordersi il labbro inferiore.

«Questo è il mio ragazzo,» risponde prima di colpire la parte posteriore della mia coscia con il cuoio. Mentre la mia testa si spezza all'indietro per l'agonia, si sbottona i pantaloni, tira fuori il suo membro mostruoso, trova il mio buco e mi scopa.

Come con l'ordine della chiamata, è spietato. Mi sbatte contro il bancone mentre mi trivella, e mi sussurra nell'orecchio.

«Sei così bello. Sei la cosa più calda che abbia mai visto. Ti voglio. Voglio ogni parte di te. Sei perfetto. Non potrei mai trovare qualcuno migliore di te.»

È troppo. È tutto troppo. Strappato da questo mondo, entrerei in un altro come una spirale. In questo nuovo mondo ci siamo solo io e lui. Umiliazione, dolore, amore, sono oggetti fisici che mi attraversano. Frustato da un'emozione all'altra, il mio uccello dolorosamente duro si contorce un'ultima volta fino a che urlo e spruzzo il mio seme tutto intorno.

Sentendomi, Dante mi afferra per i capelli. Forzando le mie gambe ad aprirsi, si accovaccia. Sono un bambolotto di pezza nelle sue mani. Pressato sul bancone, non posso andare da nessuna parte. E quando introduce il suo uccello dentro di me, non posso più trattenermi, lui ruggisce e mi riempie del suo sperma.

La sua presa sui miei capelli è l'unica cosa che mi tiene su. Quando mi lascia crollare in uno stupore esausto, Dante cade su di me. Non più sostenuto, mi sciolgo sul bancone. I respiri pesanti di Dante mi circondavano. Odorano del suo bacio.

Non rimane lì a lungo, presto Dante spinge la mano sotto il mio petto e vuole prendermi tra le sue braccia. Lo voglio anch'io, ma sono completamente svuotato. E sono stato troppo scopato per muovermi. Contento di sentirlo sopra di me, non mi accontento. Appena riprende fiato, si alza, mi solleva e mi porta nel suo letto. Appoggiando la mia testa sulla sua spalla, vedo il mio mantello trascinarsi dietro di noi. Posato sul materasso, mi sveste rapidamente.

Ancora troppo sbattuto per muovermi, guardo Dante spogliarsi. Il suo petto tatuato si muove mentre lo fa. Il suo ventre è liscio come una lavagna.

Abbassando i pantaloni distrutti, si toglie anche gli slip. Anche se non è più eretto, il suo uccello è ancora piuttosto pieno. Sarebbe la dimensione perfetta da succhiare. Quello potrei inghiottirlo. Non ne avrò l'opportunità, però, perché una volta nudo, sale sul letto accanto a me e mi stringe tra le sue braccia.

Non so perché, in questo momento tutto ciò che è successo lascia andare qualcosa dentro di me. Mentre mi culla con delicatezza, improvvisamente inizio a piangere. Non sono io a piangere, ovviamente, ma Shiro. Io non provo mai nulla di simile. Di solito non provo proprio nulla.

Ma, apparentemente Shiro è un debole. È tutto ciò che io non sono. E mentre piange miseramente, Dante lo tiene stretto. Con la sua grande mano che mi avvolge la nuca, mi seppellisce contro di lui.

Perché Shiro era l'unica versione di me che mio padre poteva amare? Che cosa c'era in Kuroi da farlo passare di mano in mano? Queste sono solo domande per me, ma Shiro continua a biascicarle. È così patetico. Grazie al cielo io non sono niente di simile. Ne sarei estremamente imbarazzato.

Dante continua a tenere Shiro finché non riesce più a piangere. È solo quando il suo tantrum infernale termina che riesco a rilassarmi. Ascoltando i battiti poderosi del cuore di mio marito, mi sento al sicuro. E, sepolto tra le sue forti braccia, lentamente mi addormento.

Capitolo 12

Dante

Che diavolo ho fatto? Ho spezzato Kuroi?
L'uomo che ho sposato non piange. Non prova quasi
emozioni. Sembrava un'altra persona.

Ha detto di essere Shiro. Ho pensato che stesse
recitando un ruolo, per questo ho dato corda. E
conosceva la nostra parola d'ordine. Ne sono sicuro.
Avrebbe potuto fermarmi in qualsiasi momento. Allora
perché non lo ha fatto? Proprio quando pensavo di averlo
capito e di poter prevedere le sue reazioni, lui si è
comportato in questo modo.

Ovvio, mai avrei immaginato che l'avrei costretto
a fare quello che ho fatto la scorsa notte. Ma l'ho fatto.
Non so cosa mi abbia preso.

Il mio progetto originale era semplicemente farlo
piegare sulle mie ginocchia e poi sculacciarlo… Certo,
non è del tutto vero. Quando me l'ha chiesto, avevo
deciso di improvvisare. E poi mi sono ricordato di Yuki
che mi ha detto che Kuroi ha bisogno di una mano ferma.

Devo essere onesto, il suo modo di dirlo mi ha fatto un po' arrabbiare. Non so spiegare il perché. Sono andato da lei per ricevere consiglio. Lei me lo ha dato. Ma è il modo in cui me l'ha detto. È come se lei fosse l'imperatrice e io non sapessi nulla. Mi ha fatto sentire come se non meritassi Kuroi, o qualcosa del genere.

Così, con Kuroi davanti a me, travestito in quel modo, mi è venuto spontaneo. E non avevo considerato come avrebbe reagito Yuki vedendo Kuroi con quei vestiti, ma di certo non avrei mai potuto prevedere la sua effettiva reazione.

Era come se stessimo lavorando insieme. Ma non posso essere d'accordo con lei sul fatto che bisogna insegnare a Kuroi qual è il suo posto. Kuroi conosce il suo posto. Al mio fianco, trattato come un re.

Eppure, sentendole dire quelle cose, sono andato avanti. Ero troppo eccitato da tutto per fermarmi. Avrò ferito Kuroi, giusto? È per questo che, portatolo al mio letto, è crollato in lacrime. Allora, perché non ha usato la parola d'ordine? L'aveva dimenticata?

«Buongiorno,» dice Kuroi con un sorriso.

«Buongiorno,» rispondo, non avendo chiuso occhio.

«Dovrò ammanettarti oggi?» chiede, guardandomi fresco e rilassato.

«Non hai bisogno di manette perché non ti lascerò mai.»

Kuroi mi guarda per un secondo e poi si sporge in avanti e mi bacia. Rilassandosi sul cuscino, mi guarda fisso negli occhi.

«Per quanto riguarda la scorsa notte,» comincio.

«Non parliamo della scorsa notte,» dice, sorridendo ancora contento.

Ma dovremmo, no? Non sono mai stato timido riguardo a queste cose, ma so che sarebbe necessario parlare di ciò che è accaduto la scorsa notte.

«Voglio solo essere sicuro che ti ricordi la nostra parola d'ordine, sai?»

Il sorriso di Kuroi si allarga divertito. Avvicina la sua mano e la posa sulla mia guancia, rassicurandomi.

«Sì, ricordo la nostra parola d'ordine.»

«Sto solo controllando,» dico, non sentendomi meglio riguardo alla cosa, ma sapendo che non avevo oltrepassato un limite.

Rassicurato, i muscoli delle mie spalle si rilassano. Tutto il mio corpo si rilassa. E con il rilassamento, arriva l'onda di stanchezza per essere stato sveglio tutta la notte che mi fa chiudere gli occhi. E proprio mentre mi lasciavo andare al sonno, Kuroi dice,

«Oh, non ho mai avuto la possibilità di dirti perché meritavo un premio la scorsa notte.»

«Non l'hai fatto,» dico, senza la forza di riaprire gli occhi.

«Ho trovato tuo zio.»

«Lo immaginavo. Dov'è?»

«Legato in un magazzino nel Bronx.»

Spalanco gli occhi.

«Cosa?»

«Pensavo che volessi parlare con lui e ho pensato di facilitarti il compito,» dice Kuroi, soddisfatto di se stesso.

«Questo non… è…» balbetto cercando le parole. «Perché l'hai fatto?»

«Perché potrebbe essere qui per ucciderti. Non può farlo se è legato in un magazzino.»

«È stato lì tutta la notte?» dico completamente sveglio e sedendomi.

«Non avevo intenzione di lasciarlo lì. Ma qualcosa mi ha distratto. Cosa è successo di nuovo? Ah, sì, il tuo cazzo nel mio culo,» dice divertito.

Correndo fuori dal letto per prepararmi, dico a Kuroi: «Devi portarmi da lui.»

Girandosi per guardarmi, risponde: «È stato lì tutta la notte. Se doveva pisciare, ormai se l'è fatta addosso. Cosa vuoi che sia un'altra ora a letto?»

«Non è uno scherzo, Kuroi. Devi portarmi da lui, subito.»

«Non sei divertente,» dice mio marito, accettando con riluttanza.

Vestito, non lascio che Kuroi passi attraverso il suo solito rituale di scegliere un outfit e truccarsi. Eppure, riesce comunque a sembrare stiloso e dannatamente sexy. Matteo si considerava una specie di ragazzo carino. Ma Kuroi sembrava sempre uscito da una passerella.

«Cosa stai aspettando? Andiamo,» mi dice entrando in soggiorno come se non fossi io quello che stava aspettando lui.

Salendo in macchina, ci dirigiamo fuori città, verso il Bronx.

«Mio padre ha magazzini in ogni quartiere,» mi spiega.

«Per immagazzinare i suoi prodotti?»

«Sono più centri di distribuzione. Ne ha alcuni e passa da uno all'altro prima di vendere. Questo è vuoto.»

Questo mi dice molto sull'organizzazione di Sato. Se mai andassimo in guerra, ora saprei come indebolirlo. Non sono sicuro che Kuroi avesse intenzione di dirmi quello che ha detto, ma non avrei mai usato l'informazione contro di lui.

Avvicinandoci al magazzino, comprendo come Sato possa usarlo per la distribuzione. L'unico modo per entrare è attraverso un vicolo. E dietro un recinto e un piccolo patio, il posto è molto facile da proteggere.

«Cosa gli hai detto quando l'hai preso?»

«Ti sembra che io possa usare degli scagnozzi? Non l'ho preso. L'ho convinto a seguirmi.»

«Come hai fatto?»

«Pare che tu e tuo zio condividiate gli stessi gusti in fatto di uomini.»

«L'hai scopato?» dico mentre il mio temperamento comincia a scaldarsi.

«Ma sei pazzo?»

«Come faccio a sapere cosa vuoi dire allora?»

«Devi sapere che non scoperei mai tuo zio, l'uomo che potrebbe essere qui per ucciderti.»

«È bene che tu lo sappia.»

«Che diavolo, Dante? Ho fatto qualcosa di carino per te.»

Mi calmo.

«Hai ragione. Quello che hai fatto è una bella cosa. È solo che... non riesco a pensare a te con qualcun altro. Giuro su Dio, se qualcosa di quello che Yuki mi ha detto su ciò che ti è successo da bambino fosse vero, ucciderei chiunque ti abbia mai toccato.»

Kuroi mi fissa congelato.

«Perché mi guardi così?»

«Che cosa ti ha detto Yuki della mia infanzia?»

«Non mi ha raccontato nulla della tua infanzia. Quello che mi ha detto è una storia incasinata su di te che saresti stato una sorta di apprendista giapponese o roba del genere.»

«Un kagema,» dice Kuroi abbassando lo sguardo. «E non le hai creduto?»

«Dai, non credo che dicesse sul serio. Voglio dire, Sato è uno stronzo, ma tu sei suo figlio.»

Gli occhi di Kuroi si abbassano e volge lo sguardo altrove.

Sto guidando, ma la sua espressione cattura tutta la mia attenzione.

«Aspetta, questo ha a che fare sulle tue lacrime della scorsa notte?»

«Ho detto che non voglio parlare di quello che è successo la scorsa notte.»

Sono sul punto di esplodere. Devo accostare.

«È proprio là,» dice Kuroi indicando.

«Non me ne frega un cazzo di dove sia.» Con il motore spento, mi giro sul sedile per affrontarlo. «Ascolta, mi dispiace per quello che ho fatto la scorsa notte. La verità è che dopo le nostre prime notti insieme, sono andato da tua sorella per chiedere consiglio su come gestirti.»

«Come gestirmi? Cosa sono, un cane?»

«No! Hai dimenticato quello che mi hai fatto? Mi hai accoltellato la notte in cui ti sei trasferito. La notte successiva hai lanciato addosso un dannatissimo di tegame. Lorenzo ha dovuto ricucirmi. Sono quasi morto dissanguato andando da lui. Quindi sì, avevo bisogno di aiuto su come gestirti, per non finire morto.»

Questo zittisce Kuroi.

Sentendo di essere stato incisivo nel dirgli le mie ragioni, gli prendo la mano.

«Scusa, sto esagerando. Sono andato da Yuki perché ti conosce meglio di me. Ma quello che mi ha detto va oltre ogni credibilità. Ha detto che Sato ti ha fatto fare il...»

«Kagema,» dice ancora incapace di guardarmi.

«Ecco, esatto. E ha detto che Sato ti ha affidato a qualcuno come una sorta di ragazzo in affitto?»

«Ragazzo in affitto? No, è una cosa diversa,» risponde Kuroi.

«Non dovrebbe essere neanche lontanamente vicino a quello. Dimmi che è una delle tue fantasie incasinate. O dimmi qualsiasi cosa. Ma se mi dici che è vero...»

«È vero,» dice incontrando il mio sguardo.

Sento il fuoco esplodere dentro di me, mentre la mia pelle frigge. Sono un calderone pronto a bollire. Ucciderei ogni uomo che lo ha toccato. Poi ucciderei Sato. Gli taglierei le dita una ad una per fargliele mangiare.

«Portami da lui,» ordino.

«Chi? Da tuo zio?»

«Fanculo mio zio. L'uomo a cui Sato ti ha dato.»

«È morto.»

Fatico a riprendere fiato.

«Allora portami dal successivo.»

«È morto anche lui. Sono tutti morti.»

«Li hai uccisi tu? Avresti dovuto.»

«Non ricordo di averlo fatto. Non ricordo di aver ucciso nessuno di loro.»

«Cosa intendi con non ricordi?»

«Sono morti d'infarto. Tutti quanti. Io sono veleno.»

Il dolore nella voce di Kuroi mi riporta in me.

«Di cosa stai parlando?»

«Sono io il veleno che li ha uccisi. Chiunque dorma con me, muore. Anche tu morirai.»

«Come dovrei morire?»

«Non lo so,» dice sciogliendosi nel rimpianto.

Prendo la mano di Kuroi.

«Ascoltami, Kuroi. Tu non mi farai del male.»

«Non lo sai.»

«Invece sì. Tu non sei veleno. Sei tutto ciò che ho sognato. Farò di tutto per proteggerti e tu farai di tutto per proteggere me.»

«E se non riuscissi a proteggerti da me stesso?»

«Non voglio che mi proteggi da quello che sei. Voglio tutto quello che hai da darmi. Voglio tutto. Non puoi spaventarmi per mandarmi via. Io sono qui e sono tuo marito. E il modo in cui so che ci sarò per sempre è perché so che tu farai in modo che sia così. Puoi contare sul fatto che avrò sempre te e io so che posso contare sul fatto che tu avrai sempre me.»

Kuroi non risponde. Non deve farlo. So che quello che ho detto è vero e non c'è niente che possa dire per convincermi del contrario.

Ma per quanto abbia cercato di calmarmi, sono ancora furioso. Sato morirà per quello che ha fatto a Kuroi. Gli strapperò la testa dal collo con le mie mani nude. Farei lo stesso a chiunque si mettesse sulla mia strada. Ma prima…

«Dov'è mio zio?»

«È quella porta laggiù,» dice indicando la recinzione e la porta del magazzino.

«Mostramelo,» gli dico prima di uscire dalla macchina, e lui mi accompagna.

Aprendo la porta del magazzino, vedo che è completamente vuoto, tranne che per una cosa. Al centro c'era una sedia. Su di essa c'era un uomo che non riconosco. Sentendo aprirsi la porta, solleva la testa e geme. Non solo è legato alla sedia e imbavagliato, ma è anche bendato.

Guardo Kuroi che mi risponde con uno sguardo impassibile. Gli faccio cenno di prendere un bicchiere d'acqua. Ci pensa un secondo e poi esce dall'edificio. Prima che io raggiunga la sedia, Kuroi torna con una tazza. Mentre lui mi segue, mi avvicino alla sedia e guardo quest'uomo.

Anche se non l'ho mai visto prima, sembra un Ricci. Somiglia più a Lorenzo che a Matteo o a me. Ma la somiglianza di famiglia è chiara.

Sentendomi davanti a lui, i suoi gemiti attutiti si trasformarono in discorso incomprensibile.

«Rimuoverò il bavaglio dalla tua bocca. Mi dovrò pentire di farlo?»

Si calma e poi scuote la testa, 'no'.

Lentamente allento il bavaglio e glielo tolgo dalla bocca.

«Gra... Gra... Grazie,» disse con accento italiano.

«Ora, ho dell'acqua per te. Ma prima dovrai rispondere a un paio di domande. Capito?»

«Capisco. Sì.»

«E sarai onesto con me?»

«Ti dirò la verità. Qualunque cosa tu voglia che dica.»

Mi volto a guardare Kuroi che tiene la tazza, impassibile.

«Come ti chiami?»

«Non sono nessuno. Sono solo qui per far visita alla mia famiglia. Hai preso la persona sbagliata.»

«Sei Vincent Ricci?»

Si blocca sentendo il nome.

«Ho detto, ti chiami Vincent Ricci?»

«Non so cosa vuoi da me. Non ho mai fatto male a nessuno. Sono solo qui solo a far visita alla mia famiglia.»

Interpreto tutto ciò come un sì.

«Sei qui per fare un lavoro?»

«Non sono qui per niente, ti ho detto. Sono qui solo a far visita alla famiglia.»

Avvicinandomi a lui, stringo il pugno e lo colpisco sul mento più forte che posso. L'uomo anziano vacilla nel silenzio. Dovevo stare attento. Sono ancora furioso per quello che Kuroi mi ha detto. E l'ho quasi messo KO.

Tocco l'altro lato del suo viso per svegliarlo.

«Te l'ho detto. Devi essere onesto con me. Sarai onesto con me?»

«Sì. Sì, sarò onesto.»

«Ora, sei stato autorizzato a rientrare nel paese in cambio di un lavoro?»

«Sì. Mio fratello aveva bisogno che facessi un lavoro.»

«Tuo fratello ti ha detto che avresti potuto tornare nel paese se ti fossi occupato di suo figlio. È giusto? Dante Ricci?»

Si blocca di nuovo, questa volta cercando di capire chi io sia.

«È quello che voleva che facessi. Ma non avevo intenzione di farlo.»

«Cosa intendevi fare, eh? Intendevi avvisarlo?»

«Sì, volevo avvisarlo.»

«Intendevi trovarlo e fargli sapere che suo padre ti aveva mandato per ucciderlo?»

«Non potrei mai fargli del male. È mio nipote.»

«Allora cosa intendevi fare invece? Volevi offrire il tuo aiuto per uccidere suo padre?»

Si blocca ancora una volta, confuso.

«No. Non avevo intenzione di fare nemmeno questo.»

«Allora cosa volevi fare, eh?»

«Chi sei tu? Dante? Matteo? Sei Matteo?»

Mi volto a guardare Kuroi.

«Sì, sono Matteo. E intendevi tradire papà, non è vero? Dopo che ti ha permesso di tornare, stavi per dire al mio fratello codardo perché sei qui, non è vero?» dico alzando la voce fino a urlare.

«Lo giuro, non avevo intenzione di fare nulla.»

«Allora perché non hai completato il lavoro?»

«Dovevi darmi la pistola. Ero dove mi è stato detto di essere. Non ti sei presentato. Ho aspettato un'ora. Ho pensato che non saresti venuto. Se mi dai la pistola, farò il lavoro.»

«E potresti fare questo alla tua famiglia?» dico sentendo l'ira pulsarmi in corpo.

«Tuo padre mi ha detto che quel frocio si sta scopando il figlio del suo nemico. Questa non è famiglia. Uno di famiglia non fa queste cose. È una disgrazia. Una disgrazia!» urla. «Dammi la pistola e mi occuperò di lui come tuo padre ha chiesto. Slegami e dammi la pistola,» dice con un misto di rabbia e paura.

Mi giro a guardare Kuroi un'ultima volta. I suoi occhi riflettono ciò che sto provando io. Ora so cosa fare.

Forse dovrei essere nervoso nel guidare verso la cena domenicale a casa dei miei genitori. Dopotutto, mio padre ha mandato suo fratello a uccidermi. Eppure non sono nervoso. Non mi importa nemmeno che sia la prima volta che mio padre vede mio marito.

Non so come reagirà mio padre. Vestito com'è Kuroi, credo che ci andrà giù duro. Indossa un tipo di tuta simile a quella che portava alla cena con Matteo.

Non la stessa però, perché quella era blu scuro senza le cuciture elaborate. E questa ha le maniche.

Non indossa neanche molto trucco. Almeno non sembra. Ci aveva messo un'eternità a vestirsi, quindi forse punta a un look invisibile, o come lo si può chiamare. In ogni caso, a stento riesco a trattenermi dal guardare mio marito mentre guido.

«Ti ho detto che sei bellissimo?» dico allungando la mano attraverso il cruscotto per prendere la sua.

«No,» risponde lui con un sorrisetto.

«Sei bellissimo,» dico portando la sua mano alle labbra per baciarla.

«Grazie,» risponde con un sorriso. «Sono nervoso.»

Lo guardo dubbioso. «Perché dovresti esserlo?»

«Voglio piacere a tua madre.»

«Non preoccuparti. Le piacerai.»

«Sa di noi?»

«Tutti sanno di te. Tutti sanno che ti ho sposato.»

«Ma, voglio dire, sa di noi?» chiede stringendomi la mano.

Mi sta chiedendo se sa che mi sto innamorando dell'uomo che ho sposato. In questo caso dovrebbe sapere che mi piacciono gli uomini.

«Non sa quello che provo per te,» ammetto.

«E tu come ti senti?»

«Cosa? Vuoi davvero che te lo dica?»

«Non pretendo nulla,» dice guardando altrove.

Non voglio che pensi che non sono innamorato di lui. Non credevo che si potesse essere felici come da quando sto con Kuroi. Mi sento sveglio e vivo quando sto con lui. Stare con Kuroi da un senso alla mia vita.

Sono stato messo su questa terra per proteggerlo. Non che lui abbia davvero bisogno di protezione. Sa badare a se stesso. Ma nonostante sia letale, sembra essere indifeso quando si tratta della sua famiglia.

Non mi è piaciuto ciò che Yuki gli ha detto durante la videochiamata. È strano, però. Da allora, mi è parso più sollevato. Non riesco a spiegarlo. Ma se mi chiedessero di rifarlo, non lo farei.

Poi c'è Sato. Da allora Kuroi mi ha raccontato quante volte Sato lo ha offerto a qualcuno in cambio di un affare importante. Tre volte, quattro con me.

La prima volta Kuroi era un bambino. Non aveva scelta. Le altre due volte, Kuroi non era così giovane. Avrebbe potuto rifiutarsi. Era decisamente abbastanza grande per rifiutarsi di sposarmi. Ma non lo ha fatto. Ha affrontato la cosa senza opporre resistenza.

Forse è il potere del suo demone, ma Sato ha una sorta di presa su di lui. Cos'altro potrebbe fare se Sato glielo chiedesse? Potrebbe mai dire no alle richieste di suo padre?

Il mio nuovo scopo nella vita è proteggerlo da tutto ciò. Sato morirà per quello che gli ha fatto.

«Ti amo,» dico fissando il parabrezza con la mano stretta sulla sua.

Lui non ricambia e io lo guardo. Sembra dibattuto. Va bene così. Amarlo non significa che debba ricambiarmi subito.

«Ti sarò sempre accanto. Mi senti? D'ora in poi vieni per primo. Sei la mia famiglia. Voglio che ti lo sappia.»

Mi rilasso sul sedile dopo che gliel'ho detto. È sufficiente che lo sappia. Trovo un posto sulla strada dei miei genitori, mi fermo e parcheggio.

«Sei pronto per questo?» chiedo a Kuroi stringendogli la mano.

«Sì, se lo sei tu,» risponde ricambiando la stretta.

Uscendo dalla macchina, aspetto che Kuroi recuperi dal bagagliaio il nostro contributo per la cena. Con quello in mano, lo guido verso i gradini della casa di pietra in cui sono cresciuto e saliamo.

Dopo aver bussato, entro e la prima persona che incontro è Lorenzo.

«Sei in ritardo,» mi dice, chiaramente al secondo bicchiere di bourbon.

«Non puoi affrettare la perfezione,» gli dico sollevando le sopracciglia, facendogli capire la mia frustrazione.

«Non volevo essere qui,» mi ricorda Lorenzo.

«Lo so. Grazie per essere venuto. È un'occasione importante per la nostra famiglia e per me era importante tu che fossi qui.»

Prendo Lorenzo per la nuca, lo guardo negli occhi e lo bacio sulla guancia.

«Grazie,» gli dico, lasciandolo andare.

Quando Kuroi entra dietro di me con la scatola, Lorenzo lo saluta con un cenno. Kuroi risponde con un cenno freddo. Seguo lo sguardo di Kuroi e vedo Matteo che lo fissa.

C'è ancora tensione tra loro e io devo prendere le parti di mio marito, qualunque cosa stia succedendo. Ma Matteo ha chiarito la sua lealtà non presentandosi a dare la pistola allo zio Vinny.

«Matteo,» dico prendendolo per il collo e tirandolo verso di me. «Voglio che tu metta fine a qualsiasi screzio tu abbia con Kuroi. Capisci? È mio marito. Tu sei mio fratello. Non costringermi a scegliere. Perché anche lui fa parte della famiglia.»

«Capisco,» dice Matteo prima che lo baci e lo lasci andare.

Guardandolo mentre si avvicinava a Kuroi, rimango pronto a reagire.

«Kuroi,» dice Matteo avvicinandosi a lui.

«Matteo,» risponde Kuroi fissandolo come se mio fratello fosse un serpente pronto ad attaccare.

«Vuoi che prenda quella?» propone Matteo riferendosi alla scatola di Kuroi.

«Ce l'ha lui,» interrompo, volendo che la presenti di persona.

Dopo Matteo, presento Kuroi a Giovanni e Marco e poi entro in cucina dove trovo la mamma. Indossa il suo grembiule bianco e blu con la stampa di uccelli, la osservo mentre preparava i piatti di portata. Senza voltarsi ce,

«Ho sentito che hai convinto tu Lorenzo a venire qui oggi.»

«Sì, gliel'ho chiesto io di essere qui. Mamma, posso presentarti una persona?»

Lei si gira avvistando Kuroi nel vano della porta dietro di me. Lo fissa.

«Voglio che tu conosca mio marito, Kuroi.»

I suoi occhi rimbalzarono su di me. Non sa cosa dire. Devo darle una mano.

«È stato un matrimonio combinato per collegare i nostri due branchi dopo quello che ha fatto Matteo…» mi interrompo. Mamma è all'oscuro di ciò che facciamo negli affari di famiglia. Quindi sicuramente non deve sapere cosa ha fatto Matteo. «Ma non importa. Kuroi è mio marito adesso,» dico tirandolo a me e mettendogli il braccio al collo. «E sono felice.»

La mamma allora sorride e si avvicina a lui. Alzando le braccia in aria in un gesto di accoglienza, cerca di abbracciare Kuroi, ma la scatola glielo impedisce.

«Cos'è questa?» chiede mamma riferendosi alla scatola.

«È una sorpresa, mamma.»

«Bene, vuoi dargli una mano?» dice mamma cercando di liberare Kuroi dalla scatola.

«Ci penso io,» dico prendendola da lui. Quando lo faccio, mamma lo abbraccia.

«È sempre una benedizione avere un altro figlio.»

Si volta verso di me. «Non pensare che questo ti sollevi dal dovere di darmi un nipote.»

Gli occhi di Kuroi balzano su di me.

«Un passo alla volta, mamma.»

«Sì, un passo,» concorda. «Sedetevi, sedetevi. Tuo padre scenderà presto. Preparerò un altro piatto.»

Ci riuniamo tutti in sala da pranzo, prendo il mio posto all'estremità opposta del tavolo e posiziono la scatola sul tavolo laterale dietro di me. Quando siamo tutti sistemati, papà scende le scale come un imperatore. Non riesco a capire se sia sorpreso o deluso di vedermi. In ogni caso, lo guardo freddamente.

I suoi occhi si posarono momentaneamente su Kuroi prima di distogliere lo sguardo. Papà non gradisce Kuroi. Considerando chi è suo padre, e non so se riuscirà mai ad accettarlo

Va bene. Kuroi non deve piacere a lui. Ma di certo dovrà rispettarlo come l'uomo sposato al capo della famiglia.

Papà si siede senza dire una parola e mamma finisce di posizionare il cibo sul tavolo. Dopo che si è seduta e prima di guidare la preghiera, mi alzo.

«Se nessuno ha nulla in contrario, voglio dire qualcosa prima di iniziare perché abbiamo un ospite speciale qui oggi.»

Tutti si girano verso Kuroi.

«So che solo pochi di voi lo hanno conosciuto. Gli altri hanno sentito parlare di lui. Ma possiamo ringraziare tutti papà per la sua presenza qui oggi. È vero. È stato papà ad invitarlo.»

Tutti si girano verso papà.

«Non ho mai invitato quella disgrazia in casa mia,» ringhia.

Mi rivolgo a lui.

«Prima di tutto, fai attenzione a come parli prima che ti stacchi la lingua.»

«Dante!» dice mamma scioccata.

«Dante, non puoi parlare così a papà,» interviene Matteo.

«Non posso parlare così a papà, eh? Pensi di potermi parlare così tu? Vuoi vedere cosa succede se continui a parlare?» dico pronto a trasformarmi.

Matteo si ritira e io continuo.

«Potreste pensare che mi riferisca a Kuroi. Anche se è un'occasione speciale avere mio marito qui per la prima volta con la famiglia, ma non è di lui che parlo. Sto parlando dello…»

Mi giro e recupero la scatola. Forzandola sul tavolo davanti a me, sciolgo il nastro che la tiene chiusa e alzo il coperchio.

«… zio Vinny.»

Papà guarda negli occhi la testa di suo fratello e sussulta. Si butta all'indietro sulla sedia per lo shock. Tutti lo fanno, tranne Kuroi. Mio marito, invece, si infila un panino in bocca, il che è un po' un tabù perché a questo tavolo non si mangiava mai fino alla preghiera. Ma lui non lo sa, quindi non lo riprendo.

«Che cazzo, Dante?» dice Lorenzo dopo essersi allontanato dal tavolo.

«Oh, non ringraziate me per la presenza dello zio Vinny. Dovete ringraziare papà. Non è vero? Perché dopo anni di esilio, papà ha offerto a zio Vinny un accordo. Poteva tornare a patto che facesse una cosa per papà, ovvero uccidermi.»

Tutti sussultano.

«Non essere sorpreso, Matteo. So che sei coinvolto.»

«Te lo giuro, Dante, non avrei mai potuto farlo. Non avrei mai potuto tradirti!» Proclama temendo ora per la sua vita.

«Non so se sia vero. Ma non l'hai fatto ed è quello che conta. Ecco perché la tua testa non è nella scatola accanto alla sua. Mi capisci, Matteo?»

In assenza di risposta lo ripeto una seconda volta.

«Ho detto, mi capisci?»

«Sì, Dante. Capisco.»

«Bene.»

Mi rivolgo a papà e giro attorno al tavolo fino a dove è ancora seduto, i suoi occhi balzano tra la testa di suo fratello e me.

«Ora la domanda è, cosa faccio con te papà? Hai assunto qualcuno per uccidermi. Un membro della famiglia, per di più. E perché? Perché ho sposato qualcuno che probabilmente finirà per essere l'amore della mia vita.»

Mi avvicino e lo guardo negli occhi.

«Lo sai, se non puoi accettarlo, dovrò probabilmente mettere fine alla tua sofferenza ora. Perché né lui né io andremo da nessuna parte. Preferiresti questo, papà? Vuoi che ti faccia uscire dalla tua miseria?»

La bocca di papà si muove senza che escano parole.

«Cos'hai detto? Devi parlare un po' più forte. Tutti qui devono sentire cosa dici.»

«Posso accettarlo,» dice praticamente cacandosi addosso.

«E non lo stai solo dicendo, giusto? Perché ricordo cosa ci hai insegnato su come trattare i bugiardi.»

«Ti sto dicendo la verità,» dice ancora sotto shock.

Inclino il mento in segno di soddisfazione.

«Bene. Bene. Allora è deciso. Dai, prendete tutti posto. Godiamoci il delizioso pranzo della mamma.»

Tutti mi fissano senza muoversi. Una volta seduto, Lorenzo dice,

«Dante, non puoi aspettarti che mangiamo con quella cosa lì,» dice indicando la testa.

«Lorenzo, quello è tuo zio Vinny. Siediti, diavolo, e mostra un po' di rispetto!» dico perdendo lentamente la calma.

«Dante, mamma,» dice Matteo indicando nostra madre che è bianca come un lenzuolo.

«Non sono stato io a invitarlo qui. Se hai un problema con questo, dillo a papà. Ora tutti, sedetevi e mangiate!»

Quando tutti furono nuovamente seduti, guido la famiglia nella preghiera. Non dico nulla di intelligente, né di spiritoso. Semplicemente porto a termine il lavoro e cominciamo a mangiare.

«L'arrosto è molto buono, mamma. Ti sei superata,» le dico.

«Sì, i miei complimenti alla cuoca,» aggiunge Kuroi con un sorriso.

Non è la cena più rilassante che la nostra famiglia abbia mai avuto, ma nemmeno la meno rilassante. Il grado di rilassatezza delle nostre cene dipende sempre dalle circostanze. Crescendo, ci sono state volte in cui papà ci frustava così forte da staccarci la pelle dalla carne. Quando seguiva la cena, papà ci faceva sedere e mangiare come se niente fosse.

Oggi la prospettiva è cambiata. Papà mangia l'arrosto di mamma incapace di distogliere lo sguardo da quello che avrebbe potuto essere il suo destino. Io, d'altro canto, ho assicurato la sopravvivenza mia e di Kuroi, almeno per mano del branco.

L'unica cosa da fare adesso riguardava Sato. Non sono sicuro di poterlo semplicemente uccidere. È uno degli uomini più protetti di New York City. Raggiungerlo potrebbe richiedere del tempo. Prendendo con noi la testa quando ce ne andiamo metto insieme le nostre tre teste per elaborare un piano.

Sto scherzando, naturalmente, abbiamo eliminato la testa di zio Vinny come abbiamo fatto con il suo corpo, con l'aiuto delle strutture di Sato. Devo ammettere la Yakuza è un gruppo ben organizzato. Potrei imparare qualcosa da loro. Non c'è da meravigliarsi che Sato sia stato in grado di intercettare il commercio di eroina a New York così rapidamente.

In qualche modo, lo ammiro. Questo non cambiava ciò che sto per fargli. Si è guadagnato un posto all'inferno nel momento in cui ha venduto Kuroi alla schiavitù sessuale. E non gli negherò la sua ricompensa.

L'unica domanda è: come farò? E come risponderebbe Kuroi se glielo chiedessi?

Capitolo 13

Kuroi

Sono sconvolto mentre guido verso casa dopo una cena con la famiglia di Dante. Non riesco a crederci. Come ha fatto la madre di Dante a far sì che l'arrosto avesse un sapore così buono? Ho mangiato nei migliori ristoranti del mondo. Nessuno di questi può competere con ciò che ha preparato sua madre.

Non ho mai conosciuto mia madre. Per quanto ne so, è morta. Perché, altrimenti, mio padre mi avrebbe accolto? E non ho mai incontrato la madre di Yuki. L'ho vista da lontano. Ma quando mio padre è stato assegnato a New York, sono stato con lui e un cuoco preparava tutti i nostri pasti.

Seduto intorno al tavolo dei Ricci, non potevo fare a meno di chiedermi come sarebbe stato crescere in una famiglia come quella di Dante. Avere una madre che si affannava ai fornelli per cucinare per la sua famiglia, e fratelli che si riuniscono la domenica per goderselo.

La parte della testa mozzata, quella la conosco bene. Non si può stare intorno a mio padre per troppo tempo senza vedere una testa mozzata. Ma l'altro aspetto. Sì, c'era tensione tra Dante e i suoi fratelli, ma chiaramente tutti si vogliono bene.

Nonostante fosse un ordine di suo padre, Matteo si è rifiutato di tradire Dante. Ha disobbedito a suo padre per salvare suo fratello. Non riesco a immaginare come ci si senta ad essere amati in questo modo. La cosa più vicina che ho provato è stata quando lo zio di Dante ha detto quella cosa su di noi, e Dante lo ha ucciso per questo.

Oltre a Yuki, a nessuno è mai importato niente di me. Sono cresciuto nel disperato bisogno che qualcuno mi riconoscesse. Ma mio padre non mi ha mai nemmeno guardato.

Alla fine ho capito come fare in modo che mi vedesse. Ho fatto in modo che non potesse ignorarmi. Ho preteso la sua attenzione, e lui ha risposto vendendomi.

Se non fosse stato per Yuki, sarei impazzito. Senza di lei non avrei mai conosciuto l'amore. Lei è stata l'unica che mi abbia mai amato. E ho ucciso chiunque altro ci abbia mai provato.

«Che c'è che non va?» mi chiede Dante mentre parcheggiamo.

«In che senso?» chiedi.

«Stai piangendo.»

«Non essere ridicolo,» dico, offeso.

«Invece sì,» insiste, allungo il braccio per asciugarmi la guancia con un dito. Effettivamente, il dito è bagnato.

Sorpreso, mi asciugo rapidamente il viso e scappo dalla macchina.

«Non stavo piangendo.»

Raggiungendomi mentre ci avviamo verso l'ascensore, Dante mi fissava preoccupato.

«Ti ha sconvolto quello che è successo?»

«Cosa?»

«La questione della testa e la cena.»

Lo guardo e scoppiamo a ridere.

«Sei stupido, ma sei carino.»

Si fermo.

«Senti, Kuroi, ti amo. Te l'ho già detto che ti amo. E farei qualsiasi cosa per proteggerti. Ma devi venirmi incontro a metà strada. Non puoi semplicemente scoppiare a piangere e non dirmi cosa ti succede. Come pensi che mi senta io?»

Mi fermo e lo guardo frustrato.

«Ho detto che non stavo piangendo.»

«Quindi sei allergico a qualcosa?» chiedo sarcastico. «Era fluido da robot quello che scendeva dalla tua faccia? Odio dirtelo, ma non sei un robot. Provi emozioni anche se non riesci ad ammetterlo.»

«Ascolta, Dante, non stavo piangendo!» insisto.

«E l'altra sera?»

Mi paralizzo.

«Quale altra sera?»

«La sera in cui… abbiamo fatto quella cosa e tu… sai… ti sei perso?»

«Non ero io.»

«Beh, spero proprio di sì. Ci siamo appena sposati. È troppo presto per invitare un altro uomo nel nostro letto,» scherza.

«Dante,» dico sopraffatto.

Lui mi afferra per le spalle e mi guarda negli occhi.

«Non devi farlo. So che non sono bravo a comunicare. Voglio dire, perché mai dovrei esserlo. Ma so che è importante quindi ci sto provando. Se ti faccio del male, devi dirmelo. È per questo che esiste la parola d'ordine, giusto? Per non farti male. Non puoi permettermi di continuare a fare cose che ti fanno del male.»

«Non hai fatto nulla per farmi del male,» insisto.

«Allora perché hai pianto?»

«Perché la mia vita è un disastro, Dante. Non so se lo sai, ma tutti mi chiamano demone ragno. E a ragione.»

«Nessuno ha ragione a chiamarti in quel modo.»

«Sì, invece. Perché io sono il demone ragno. Ti ucciderò, Dante. Non voglio farlo. E non saprò nemmeno che lo sto facendo. Ma un giorno mi sveglierò e ti troverò accanto a me morto. Non posso sopportarlo, Dante. Non voglio perderti. Non posso perderti. Ti amo.»

«Aspetta, tu mi ami?»

«Sì… O, non lo so. Come diavolo può qualcuno come me sapere cosa sia l'amore?»

Cado tra le sue braccia di Dante e sì, piango. Non ero Shiro, ero Kuroi. O, forse non lo ero. Non sapevo più chi diavolo fossi.

«Non voglio ucciderti, Dante.»

«Ascoltami. Tu non mi ucciderai.»

«Lo farò. Ti ucciderò e poi mi ucciderò subito dopo. Perché non voglio vivere senza di te.»

«Kuroi, tu non mi ucciderai. Ti conosco, ascoltami. So chi sei e non mi faresti mai del male.»

«Mi dispiace, Dante,» dico tra le lacrime.

«Non hai nulla di cui scusarti. Non potrai mai farmi del male.»

«Vuoi dire, di nuovo?»

Dante ride.

«Esatto. Non potrai farmi di nuovo male. Mi hai colpito abbastanza bene quando mi hai accoltellato. E i punti in testa stanno ancora guarendo. Ma ormai ci conosciamo. E l'uomo che conosco come Kuroi, non mi farà mai del male… di nuovo.»

Rido e tiro su con il naso. Allontanandomi da lui, mi asciugo le lacrime dagli occhi. Guardando giù sulla camicia di Dante, vedo che è coperta di trucco.

«Se non ti ammazzo, dovrò investire in un trucco impermeabile.»

Dante guarda la sua camicia bianca imbrattata di fondotinta.

«Come diavolo facevi a portare del trucco? Giuro su Dio che non ne avevi quando siamo usciti stamattina.»

Lo guardo scuotendo la testa.

«È una fortuna che tu sia carino.»

Ricomponendoci, continuiamo fino all'ascensore e ci dirigiamo verso il nostro appartamento. Quando le porte dell'ascensore si aprirono, il mio corpo reagisce. Posando la mano su di lui, lo fermo.

«Cosa c'è?» sussurrò vedendomi preparare per un combattimento.

Gli faccio cenno di restare dov'è. Risponde con uno sguardo che dice che non c'è modo che possa rimanere lì. Io con un cenno lo convinco a farlo.

Sporgendomi oltre l'ascensore e non trovando nessuno dietro la porta, mi abbasso ed esco cautamente. Conosco quel profumo. È debole e non ero sicuro di chi sia. Ma sono sicuro che non debba essere qui.

Esaminando lo spazio aperto non vedo nessuno. Non significa nulla. Ci sono almeno tre stanze in cui potrebbe esserci.

«Yuki,» dico improvvisamente, rendendomi conto di chi potrebbe essere.

Pochi istanti dopo averlo detto, mia sorella esce dalla camera di Dante. Non è vestita come al solito, con i suoi abiti ispirati al Giappone alla moda. È tutta in nero come se volesse fondersi con la notte.

«Yuki?» chiede Dante lasciando l'ascensore e vedendola. «Cosa ci fai qui?»

«Sono venuta a trovare mio fratello,» dice serenamente, come sempre.

Dante guarda mia sorella e poi me. Non ci crede. Nemmeno io.

«Puoi chiudere la porta?» chiedo a Dante.

So che è necessaria una chiave per arrivare al nostro piano. Ma ciò non significa che potesse impedire a qualcuno di uscire.

«Posso chiuderla,» dice infilando una chiave nel pannello dell'ascensore.

«Non è necessario,» dice Yuki con disinvoltura.

«Nemmeno venire qui quando io non ci sono,» le faccio notare.

Yuki si rilassa e si dirige verso il divano.

«Non offri da bere a tua sorella?»

Non si che intenzioni abbia, ma decido di stare al gioco.

«Ovviamente. Dove sono le mie buone maniere?»

«Sono deplorevoli,» proclama Yuki.

Non so se stia scherzando o meno. Conoscendola, è seria.

«Tè?» le chiedo.

«Se è quello che hai,» dice con disapprovazione.

«Sì, ho solo quello,» confermo prima di dirigermi in cucina per prepararlo.

«Aspetta, facciamo finta che non sia strano a livelli assurdi che fosse a casa nostra quando siamo arrivati?» sottolinea Dante.

Yuki risponde prima che possa farlo io.

«Considerando la videochiamata che ho ricevuto da Shiro, pensavo avessimo superato il livello strano.»

Questo chiude per un attimo la bocca a Dante.

«Ascolta, farti chiamare è stato un errore.»

«Forse questo è un errore mio. Quanti ne possiamo fare?»

Ancora una volta, Dante resta in silenzio. Non avendo una risposta, serra la mascella e si dirige verso la sua stanza lasciando soli me e mia sorella.

«Abbiamo solo bustine di tè,» informo Yuki.

Non devo vederla per sapere che è insoddisfatta. Scegliendo l'unico dal magazzino di Dante che valga la pena bere, aggiungo acqua alla caffettiera e la porto a ebollizione. Senza dire una parola per tutto il tempo, raccolgo una tazza dalla credenza e la verso nelle nostre tazze.

Yuki non perde tempo a chiarire i suoi sentimenti. Posando la tazza appena ricevuta, mi fissa osando sfidare la mia educazione bevendo tè da una tazza. Io la porto fino alle labbra prima di posarla. Potrei provare a combatterla, ma come mio padre, ma Yuki ha un potere su di me. Tanto poco posso sfidare i desideri di mio padre, tanto meno posso sfidare Yuki.

«Allora, perché sei qui?» chiedo, avendo atteso abbastanza.

Raddrizzando la schiena, dice: «Per riportarti a casa.»

«Sono già a casa,» le dico confuso.

«No. Sei dove ti ha messo nostro padre.»

Non posso negarlo. Papà ha dichiarato che mi sarei sposato con Dante ed è per questo che sono qui.

«Forse è così che è iniziato, ma Dante è mio marito ora. Sono che il mio posto è qui»

«Il tuo posto è a casa.»

«Questo è quello che sto cercando di dirti, Yuki. Qui sono a casa.»

«Eri a casa quando tuo padre ti ha dato via la prima volta?»

«No,» dico, inorridito dal pensiero.

«Ma, al tempo, pensavi di essere a casa.»

Apro la bocca per negarlo, poi mi fermo ricordando cosa era successo. Non era il primo anno con il partner commerciale di mio padre a cui Yuki si riferisce. È stato durante il secondo. O, forse era il terzo. Ma, dopo un po', ho smesso di combattere le mie circostanze arrendendomi ad esse.

Oltre a quello che succedeva di notte, avevo ottenuto una forma di libertà. Non potevo andare da nessun'altra parte senza il suo permesso, né avere amici. Ma purché fossi accompagnato da uno dei suoi uomini, potevo fare tutto quello che volevo. Potevo bere. Potevo evitare il mio tutore. Diamine, potevo anche fare cose col mio tutore se volevo.

In quella nebbiosa illusione, avevo iniziato a vedermi come un nobile. Pensateci. Ero in gabbia, il mio corpo non era mio, ma potevo comprare tutto ciò che volevo e trattare le persone come mi piaceva. Ero una principessa Disney.

«Ero giovane e stupido allora. Ora non lo sono più.»

«Ma di nuovo, tu pensi di essere a casa. La nuova gabbia in cui tuo padre ti ha messo è di nuovo la tua casa. Te ne saresti andato dalla tua prima prigione se qualcuno non ti avesse liberato?»

«Liberato? Mi sono liberato da solo,» dico sapendo che il mio padrone era stato la prima vittima del demone ragno.

«E il secondo uomo a cui tuo padre ti ha dato?»

«Anche allora,» dico meno sicuro.

«E il terzo?»

«Sì,» dico agitato dalle domande di Yuki.

«Ehm,» fa lei con un cinguettio prima di afferrare la tazza e prendere un sorso.

Brividi di freddo mi percorrono le braccia. Il mio cuore batte mentre cerco di sembrare calmo. Lei sa qualcosa e vuole che io lo sappia. Ma cosa? Sa come li ho uccisi? Come può saperlo?

«Non me ne andrò da qui,» le dico.

«Lo farai,» dice lei con sicurezza.

«Non farò ciò che ho fatto prima.»

«Cosa hai fatto? Dimmi, come ti sei liberato?»

«Li… ho uccisi,» ammetto, nel tentativo debole di minacciarla.

«Chi hai ucciso? Dimmi. Chi hai avuto la forza di uccidere?»

Non c'è bisogno di dirglielo. Tutti sanno come mi chiamano. Ho ucciso i miei amanti. Anche quelli che mi piacevano. Lei lo sa. Perché mi costringe a dirlo?

E poi capisco. Mi sta costringendo a dirlo perché… non l'ho fatto. Cosa non ho fatto? Non li ho uccisi. Ma erano tutti morti. Mi svegliavo accanto a tutti loro. Ognuno era morto.

Mi alzo sopraffatto dal ricordo. Perché mi sta costringendo a rivivere tutto questo? Ogni volta mi addormentavo accanto a loro e mi svegliavo con un cadavere freddo e l'odore di merda o urina dove il loro intestino si era rilassato e aveva evacuato.

Sono il demone ragno. Uccido chiunque osi amarmi. E ricordo un'altra cosa. Forse non è la prima volta che succede, nemmeno la seconda, ma le altre volte ricordo che c'era un profumo nella stanza la notte prima che morissero.

Era leggero. Era sempre leggero. Era più un istinto che qualsiasi altra cosa. Una registrazione che è rimasta appena sotto la mia coscienza. Era lo stesso odore che ho sentito… stasera.

«Tu!» dico, colpito come da una mazzata. «Non sono mai stato io. Eri tu!»

Lei mi fissa impassibile, inflessibile.

«Ma, come? Perché?»

«Sei mio,» dice Yuki con disinvoltura. «Papà ti ha dato a me.»

«Io... Cosa?»

«Tornerai a casa perché tuo padre ti ha dato a me e tu appartieni a casa.»

«Come... la tua bambola?»

La mia mente si avvita cercando di capire tutto ciò che sta dicendo. Ha ucciso tutti i miei amanti per gelosia? Oppure per possesso? Credeva di possedermi? Che nessun altro avesse diritto a me?

Fisso Yuki, che mi restituisce uno sguardo impassibile e calmo. Lei ci crede. Pensa che le appartenga. E quando suo padre mi ha dato via...

«Non sei posseduta da uno spirito della casa, sei Yuki-Onna, la Donna della Neve, condannata a vagare nel freddo da sola. Uccidi per vendetta.»

Lei mi fissa gelida mentre un brivido mi scuote e capisco.

«Gli hai sussurrato nell'orecchio,» dico ricordando cosa aveva l'addetta alla dogana su suo fratello.

Aveva detto che c'era qualcuno che aveva messo quell'idea nella sua testa che a quella ragazza italiana piacessero certe cose. Doveva essere qualcuno che aveva accesso a lui e di cui si fidava.

Il fratello aveva lavorato direttamente con mio padre. Questo significa che era frequentemente alla tenuta. E se Yuki gli diceva qualcosa, lui le avrebbe creduto.

«Perché hai detto quella cosa a quel uomo? Non ti rendevi conto di come sarebbe finita?»

Yuki sbatte le palpebre, lenta e glaciale. Mi dice tutto.

«Lo sapevo.» Questo era il suo piano. «Se può portarmi via qualcosa che è mio, allora io posso portargli via qualcosa che è suo.»

Cado sul divano, stordito. Per tanto tempo ho pensato di essere un mostro. No, peggio di un mostro perché i mostri non uccidono ciò che amano.

Quel che è peggio è che non riuscivo mai a ricordare di averlo fatto. Ciò significava che non potevo mai fidarmi di me stesso. Non potevo mai permettermi di amare qualcuno, e non potevo fidarmi di me stesso se lo facevo.

Ma ora ho capito. Lei era l'unica persona che pensavo mi amasse e di lei non avrei dovuto fidarmi. Non sono mai stato una persona per lei. Sono sempre stato solo la sua bambola. Il suo possesso. E quando suo padre gliel'ha portata via lei ha tramato per distruggere la sua organizzazione in segno di vendetta.

«Come hai potuto?» chiedo permettendo alle lacrime di scendere lungo le mie guance. «Pensavo mi amassi.»

Non dice nulla. Il suo silenzio mi strappa il cuore dal petto. Non sono nulla per nessuno. A nessuno è mai importato di me, e mai a nessuno importerà.

In questo momento Dante esce dalla camera. Come un toro si scaglia verso Yuki. Vedendolo arrivare, lei prova ad allontanarsi, ma non può evitare la sua presa. La sua grande mano le circonda il collo delicato e stringe.

«Dante!» urlo.

«Cos'è questo?» esclama tenendo il suo spazzolino davanti a lei.

Il terrore invade il volto di Yuki mentre il suo sguardo si blocca sullo spazzolino.

«Cos'è?» urla lui.

«Cosa sta succedendo?» replico in preda al panico.

«C'è qualcosa sullo spazzolino.»

«Cosa c'è?»

«Non lo so. Ma lei lo sa.»

«Non so nulla al riguardo,» protesta Yuki lottando contro la presa di Dante intorno al collo, senza togliere però gli occhi dallo spazzolino.

«Non lo sai, eh? Allora suppongo che non sia niente. Vieni qui,» dice Dante spingendola indietro sul divano e facendo scivolare la mano dal collo alla mascella.

Yuki colpisce e graffia Dante lottando per salvarsi la vita. Lui resiste appena. Si concentra sul farle aprire la bocca.

«Ah!» urla lei.

Dante è implacabile. Con le labbra divaricate, infila lo spazzolino nella bocca di Yuki. Lei agita la testa pregandolo di smettere. Non lo fa. E con una determinazione infuocata, le spazzola la lingua e i denti.

Quando ha finito, lo tira fuori. Allentando la presa sulla sua mascella, Yuki piange. Non l'avevo mai vista esprimere così tanta emozione. Mi spezza il cuore.

«No, no!» dice lei non lottando più contro la presa di Dante.

«Cosa hai fatto?» gli chiedo.

«Solo lei lo sa,» risponde indietreggiando e guardandola contorcersi nell'agonia.

«Yuki, cosa hai fatto?» le urlo.

«No, no!» Continua a rotolarsi da un lato all'altro sul divano.

«Non capisco, Dante. Cosa sta succedendo?»

«Sapevo che c'era una ragione se è venuta qui, quindi ho iniziato a cercarla,» inizia Dante guardandola mentre implora. «C'era qualcosa sul mio spazzolino. Era come un gel e non aveva un odore. Allora mi sono ricordato cos'altro era successo durante il nostro matrimonio. Yuki mi aveva dato da bere.»

Lo guardo scioccato ricordandolo.

«Ma l'ho bevuto anch'io.»

«No, tu hai bevuto il tuo e Yuki ha controllato a chi dare il bicchiere giusto.»

«Ti ha avvelenato.»

«Ha fatto in modo che sembrasse un infarto.»

Mentre parliamo, il corpo di Yuki comincia a contorcersi.

«Penso che quello che lei mi ha messo nel drink, lo ha messo sul mio spazzolino. Penso che non sia tu la persona che ha ucciso quegli uomini. Penso che sia stata lei. Nessuno condivide lo spazzolino con altri.»

Yuki, tra le convulsioni, rotola giù dal divano e lotta per mettersi in ginocchio. Provo compassione per lei. So che non dovrei. Ma è mia sorella. È stata l'unica che ho amato. Era l'unica che avesse mai amato me.

«C'è un antidoto?» le chiedo.

I suoi occhi rimbalzano su di me. È posseduta dalla rabbia. Sto finalmente vedendo la vera Yuki. Il suo finto ritratto è sparito, lasciando solo la Donna della Neve.

Questo è il demone vendicativo che ha nascosto per così tanto tempo. Non ho mai conosciuto mia sorella. Tutta la mia vita è stata dominata dalla menzogna.

Lottando per mettersi in piedi, barcolla, guardandosi attorno senza cercare nulla in particolare. Se avesse con sé qualcosa per neutralizzare il veleno, l'avrebbe preso. Se ci fosse qualcosa, lo chiederebbe.

Invece, infesta lo spazio come un fantasma distrutto. La sua pelle pallida la trasforma nella Yuki-Onna che è sempre stata.

Ringhiando e tremando, scivola fino a Dante e me e si lancia verso di noi. Non so cosa voglia fare. Forse nulla. Ma guardando Dante negli occhi con un'espressione più gelida dell'inferno, scuote la testa all'indietro, scivola lungo il suo corpo e muore ai nostri piedi.

quell'espressione molte volte prima. È il volto che ho visto più volte svegliandomi accanto ai miei amanti morti.

«È venuta qui per ucciderti,» dico ad alta voce cercando di dare un senso a tutto.

«Sì, è così.»

«Voleva che tornassi a casa.»

«Tu sei a casa,» dice Dante stringendo le braccia intorno a me tirandomi forte.

Mentre le lacrime di nuovo scorrono lungo il mio viso, mi abbandono al corpo muscoloso di mio marito. Lui è come un albero di quercia, robusto, solido e forte. Lui è affidabile e inflessibile. La cosa migliore che mi sia mai capitata è sposarlo. E ovunque la nostra vita insieme ci porterà, io lo seguirò.

A differenza di chiunque altro, mi proteggerà. Mi abbraccerà quando piangerò e, finalmente, mi addormenterò tra le sue braccia.

«Stai bene?» mi chiede guardandomi premurosamente.

Guardo nei sui occhi teneri, l'unica cosa che mi viene in mente di dire è: «Ciliegie.»

Epilogo

Dante

Non era un attacco di panico. Ora lo so. Voglio dire, ci sono stati momenti in cui ho avuto dei dubbi, quando niente aveva più senso. Ma una cosa di cui non ho mai dubitato è l'innocenza di Kuroi.

Essendo arrivato al limite, ho messo a letto Kuroi e mi sono occupato del corpo di sua sorella. Kuroi non ha voluto sapere cosa ne avrei fatto. Lei lo aveva tradito per tutta la vita. Ha bisogno di tempo per affrontare tutto ciò. E io rispetto la volontà del mio tesoro.

Anziché bruciare il corpo di Yuki come avevamo fatto con lo zio Vinny, ho rimosso tutte le tracce che potessero indicare che era stata da noi, assicurandomi anche che non avesse corrotto l'addetto alla reception per entrare.

Non l'aveva fatto. È un mistero come sia riuscita a entrare inosservata. Non mi piace per niente questa cosa, considerando che altri potrebbero fare lo stesso.

Quella notte ho fatto anche un'altra cosa: ho salvato il mio spazzolino. Avevo bisogno di sapere con cosa aveva cercato di uccidermi.

«Aconito,» dico a Kuroi giorni dopo, quando i miei uomini hanno terminato l'analisi.

«L'aconito proviene da un fiore. Lei aveva un giardino nella loro residenza. Era sempre lì a prendersene cura.»

«Il suo veleno agisce in pochi minuti, e i sintomi possono essere scambiati per un infarto. Suppongo abbia sottovalutato il mio lupo quando l'ha messo nel mio drink il giorno del matrimonio. Quella roba è micidiale. Non sarei dovuto sopravvivere.

Ciò che rende l'aconito il veleno perfetto è che la piccola quantità necessaria per uccidere una persona, di solito passa inosservata durante un'autopsia. Ma la quantità che è stata trovata sul mio spazzolino poteva uccidere una mucca.»

«Ecco perché non ha cercato di salvarsi,» conclude Kuroi. «Sapeva che non era possibile.»

«Probabilmente.»

«Capisco perché ha ucciso tutte quelle persone. Almeno alcune di loro. Penso che forse credesse di salvarmi. Ma, perché sussurrare all'orecchio di quel tizio del tuo amico fratello? Aveva ucciso per riavermi. Perché avviare qualcosa che mi avrebbe portato via?»

«Non poteva immaginare che io avrei suggerito di fondere le nostre due famiglie.»

«L'hai suggerito tu?» chiede Kuroi sorpreso.

«Sì. Pensavi che fosse stato Sato?»

«Lui mi aveva scambiato così facilmente prima. Ho dato per scontato che lo avesse fatto di nuovo.»

«No. Non questa volta.»

«Quindi, è morta perché ti ha sottovalutato,» dice Kuroi con un accenno di sorriso orgoglioso.

«Non è la prima,» dico, pensando a zio Vinny e a tutti quelli che l'hanno preceduto.

Riguardo alla reazione di mio padre a quello che ho fatto, sono ancora in attesa. Ma non c'era più dubbio su chi di noi sia al comando. E con la morte di zio Vinny morto, non potrà più agire di sorpresa.

Sono abbastanza sicuro che si arrenderà accettando quello che ho fatto, poiché non è nel suo stile. Ma ormai ha poca scelta. Finché io resto al controllo, rimarrò in vantaggio.

Mi servirà l'aiuto di Kuroi per questo. Sì, Matteo ha chiarito la sua lealtà. Ma l'influsso di mio padre su di lui è sempre stato forte. Finché papà è in vita, Matteo rimane una minaccia. Mio fratello ha troppo bisogno dell'approvazione di nostro padre per non esserlo. Io e Kuroi dovremo tenerlo d'occhio in futuro.

L'ultima persona con cui devo fare i conti in tutto questo è Sato. Dovrà morire per mano mia. Non c'è altra scelta. Ma ci vorrà tempo.

Non devo aspettare molto prima che Kuoi torni a desiderare il mio uccello.

«Non sono stato bravo ultimamente?» mi chiede dopo cena.

Abbiamo appena finito una bistecca che lui mi ha detto di aver cucinato, ma che sono quasi sicuro provenisse da Alberto's, il mio posto preferito per le bistecche. Non importa, però. Sa che non posso resistergli.

Ora che sappiamo che Kuroi non è un demone ragno, non è difficile capire quale sia il suo potere. Sua madre era una succube. Kuroi non aveva bisogno di drenare la forza vitale dagli esseri umani per sopravvivere, ma aveva ereditato il potere seduttivo della madre.

Questo spiega tutto ciò che gli è accaduto da quando il suo potere è emerso durante la pubertà. Non solo sua sorella voleva possederlo, anche ogni uomo voleva scoparlo. Chissà, forse era per questo che Sato continuava a cederlo, per resistere alla tentazione.

Per fortuna, essendo un lupo, posso solo sentirne una frazione degli effetti. Non fraintendetemi, guardarlo mi fa ancora rizzare l'uccello. Ma non è minimamente vicino a ciò che provano gli umani.

Da una parte, mi dispiace che il mio piccolo abbia vissuto quelle esperienze e mi piacerebbe saperne di più. Ma dall'altra sono troppo impegnato a pensare a tutte le cose sporche e maledette che farò con lui.

«Sei stato bravo. Sono rimasto colpito,» gli dico sperando di sapere dove sta andando a parare.

Mi manca sentire il suo culo stretto attorno al mio uccello. Inizio anche a immaginare i segni che vari oggetti domestici avrebbero lasciato sulla sua pelle perfetta.

«Non mi hai detto una volta, se fossi stato bravo, mi avresti ricompensato?»

«Pensi di essere stato abbastanza bravo da meritarti un premio?» chiedo, incapace di sopprimere il sorriso che mi si disegna sul viso.

«Non lo so. Tu cosa dici?» chiede inclinando la testa e guardandomi in un modo che mi fa indurire il cazzo come il marmo.

«Penso di sì,» confermo prima di alzarmi e attraversare la stanza verso un armadio.

Mentre mi osservava, tiro fuori qualcosa che avevo comprato appositamente per questa occasione. Quando gliela mostro, gli si illuminano gli occhi.

«Ricordi la parola d'ordine?» chiedo all'uomo che amerò fino al giorno della mia morte.

Se la ricorda, così… iniziamo.

*****

:
'Il Suo Lupo Protettore':

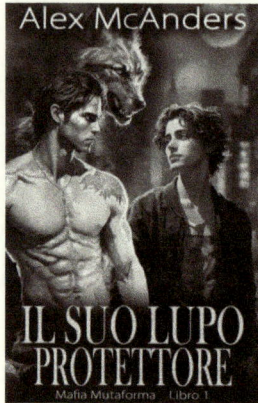

Il Suo Lupo Protettore
(Gay Werewolf)
Da
Alex McAnders

Dillon Harris:
L'ultima cosa che mi sarei aspettato quando decisi di affrontare il padre che mi aveva rifiutato, era di scoprire che avesse un oscuro segreto: era un vampiro. Come poteva essere possibile? I vampiri non possono avere figli. Quindi, come avevo fatto a nascere? Qual era la mia vera natura?

Fortunatamente, ho Remy che mi aiuta a risolvere questo mistero. È il fratello lupo mutaforma del mio migliore amico e, nonostante inizialmente il per lui fossi solo il piccolo amico gay umano di suo fratello, mi aveva sempre fatto sentire importante. Pensavo ormai di averlo conquistato quando il lupo rivale della loro famiglia mafiosa non aveva costretto Remy a fidanzarsi con la figlia dell'alfa.

Aspetta, ho detto che sono umano? Dimentichiamolo. Sono qualsiasi cosa possa vedere attraverso gli incantesimi che le creature magiche usano per nascondersi dal mondo umano. Questo mi rende la creatura magica più pericolosa di New York... soprattutto per chiunque abbia ordinato a mio padre di convincere mia madre di essere incinta.

Ora non ho nessuno a proteggermi. Anche se, a giudicare dal modo in cui Remy mi spoglia con lo sguardo, forse uno ce l'ho.

Sono una pedina solitaria in un gioco più grande teso a conquistare l'umanità? Oppure Remy non è solo l'uomo che ho amato dal momento in cui ci siamo incontrati, ma il cavaliere che mi salverà da tutto?

*****

Il Suo Lupo Protettore

"Dillon, sono innamorato di te d tanto tempo. Dal momento in cui ti ho incontrato, non mi bastava mai. Ogni volta che venivi a farci visita per passare del tempo con Hil, mi chiedevo se mi notassi. Quindi, quando ti ho avuto così vicino, quando ho avuto tutto ciò che ho sempre desiderato tra le mie braccia, sono stato l'uomo più felice del mondo.

"Quando mi hai lasciato, ho provato a vivere senza di te. Sapevo che facendolo avrei tenuto tutti al sicuro. Ma quella richiesta era troppo pesante. Non posso stare lontano da te, Dillon. Ho bisogno di te. Sono qui per dirti che, se mi vorrai, non ti lascerò mai più."

Ho raccolto le mie emozioni, cercando di controllare l'onda travolgente che minacciava di schiantarsi.

"Remy," iniziai a dire con dolcezza, "ti ho lasciato per una ragione. Devi stare con Eris. La vita di tutti dipende da questo. E anche se non fosse così, non posso essere l'amante, uomo o donna che sia. Se potessi, lo farei. Ma non posso. Mi dispiace!"

"Ma è per questo che sono qui," spiegò Remy. "So che non posso semplicemente andarmene da Eris. Ma non posso vivere senza di te," mi disse Remy mettendo a nudo il suo cuore. "Quindi sono qui per chiederti nuovamente il tuo aiuto. Non ho tutte le risposte come mio padre. E non sono lui, non posso fare tutto da solo. Ho bisogno dell'aiuto delle persone che amo. E io ti amo."
Per saperne di più ora

:

'Il Suo Lupo Imprigionato':

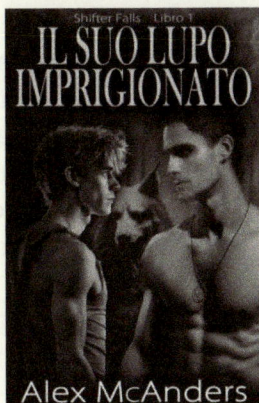

Il Suo Lupo Imprigionato
(Gay Werewolf)
Da
Alex McAnders

Ero un lupo solitario senza un branco: il mio compagno avrebbe potuto essere umano?

Non so che ci sia in Cage Rucker che fa impazzire il mio lupo. Certo, ha un fisico che sembra sia stato scolpito nel marmo, e un sorriso che mi fa sciogliere il cuore come neve al sole, ma è più di questo. Riguarda il suo profumo. Il mio lupo lo sa.

Significa forse che mi farò in quattro per risolvere questo mistero? Neanche per sogno. Cage ha una fidanzata. E io non mi innamoro di ragazzi etero… non più almeno. Non gli avrei nemmeno parlato, se solo non mi avesse offerto uno scambio alla pari che non ho potuto rifiutare.

E ora che lo vedo tutti i giorni e che sta facendo andare su di giri il mio lupo, che cosa dovrei fare? Ho lavorato senza sosta per sopprimere il mio lato animalesco sin da quando era sfuggito al mio controllo e aveva ucciso una persona. Posso fidarmi di lui ora? Posso fidarmi di me stesso in compagnia di Cage, visto il modo in cui mi fa sentire? Avrò una scelta quando scoprirò il suo segreto?

Ho sempre pensato di essere l'unico lupo mutaforma al mondo. Mi sono sbagliato? Cage potrebbe essere il mio compagno predestinato?

Il suo lupo imprigionato' **è una bollente storia d'amore fantasy m/m che passa dal divertimento alla tensione, intervallata da momenti piccanti che condurranno al lieto fine.**

*****

Il Suo Lupo Imprigionato
La mia bocca si spalancò immediatamente per lo shock.

Cosa diavolo stava succedendo? Cos'era appena successo?

La piccola ragazza bionda e dai lineamenti spigolosi si voltò a guardarmi. "E questo chi è?"

"Ehm, lui è Quin. Quin, lei è Tasha."

Tasha mi guardò con sospetto, mentre Cage sembrava sempre più a disagio.

"Tasha è la mia ragazza."

"Come conosci Cage?" mi domandò Tasha.

Mi sentii troppo scioccato per poter rispondere.

"Quin mi ha chiesto di farci un selfie."

Tasha tornò a guardare Cage, sorpresa. "Oh. L'avete fatto?"

"No, ancora no," rispose lui, con un sorriso.

"Posso farvi io una foto," si propose lei. "Dammi il tuo telefono," mi propose, avvicinandosi con la mano tesa.

Ancora senza parole, presi il telefono e glielo porsi, avvicinandomi a Cage.

"Dite *cheese*!"

"*Cheese*!" ripeté Cage, mentre io rimasi immobile a fissare lei, ancora stupefatto.

"Ecco qui," mi porse il telefono. "Controllala, dimmi se va bene."

Guardai in basso verso lo schermo, vedendo tutta la mia umiliazione ben immortalata. "Sì, va bene."

"Okay. Allora andiamo. Ho fame," commentò Tasha, incrociando il braccio con quello di Cage per portarlo via.

"È stato un piacere conoscerti, Quin," mi disse lui, guardandomi mentre si allontanava.

"Sì. Anche per me è stato un piacere conoscere… te," mormorai, sicuro che non potesse più sentirmi.

Guardai la coppia perfetta allontanarsi.

Ovviamente aveva una fidanzata. E ovviamente la
ragazza in questione era bellissima. Il mio cuore si
spezzò mentre li guardavo.

Non potevo credere di essere stato così stupido da
pensare che un ragazzo del genere potesse essere
interessato a me. Nessuno si interessava mai a me.

Come avevo potuto essere così idiota? Come avevo
potuto pensare che una persona come lui potesse anche
solo guardarmi con un pizzico di interesse?

Una volta che i due furono spariti nell'oscurità, entrai
nell'edificio. Salii le scale in uno stato confusionale, mi
sentivo come se stessi per esplodere. Perché non mi
voleva mai nessuno? Perché non piacevo a Cage?

Non riuscivo più a sopportarlo. La mia pelle vibrava con
una ferocia che non sentivo da anni. Quando realizzai
quel che stava accadendo, era troppo tardi.

"Oh, no. No, no, no, no, no," ripetei, preso dal panico.

Mentre salivo i gradini di corsa, il mondo intorno a me
stava scivolando via. Dovevo rinchiudermi da qualche
parte. Non riuscivo a crederci. Erano passati anni. Perché
ora? Perché in quel posto?
Per saperne di più ora

*****

9 798348 350291